小说家的散文
豫籍作家系列

刘庆邦 著

大姐的婚事

河南文艺出版社
·郑州·

作者简介

刘庆邦，作家，一九五一年生于河南沈丘。现为中国煤矿作家协会主席，北京作家协会副主席。著有长篇小说《断层》《远方诗意》《平原上的歌谣》《红煤》《遍地月光》等七部，中短篇小说集、散文集《走窑汉》《梅妞放羊》《遍地白花》《响器》《黄花绣》《麦子》等三十余种，出版《刘庆邦短篇小说编年》十二卷。曾获得鲁迅文学奖、老舍文学奖等三十余种文学奖项。多篇作品被译成英、法、日、韩、俄、德、意大利、西班牙等国文字。

目录

辑二

辑一

勤劳的母亲

小时候就听人说,勤劳是一种品德,而且是美好的品德。我听了并没有往心里去,没有把勤劳和美德联系起来。我把勤劳理解成勤快、不睡懒觉、多干活儿。至于美德是什么,我还不大理解。我隐约觉得,美德好像是很高的东西,高得让人看不见、摸不着,一般人的一般行为很难跟美德沾上边。后来在母亲身上,我才把勤劳和美德统一起来了。母亲的身教告诉我,勤劳不只是生存的需要,不只是一种习惯,的确关乎人的品质和人的道德。人的美德可以落实到人的手上、腿上、脑上和日常生活中,可以通过勤奋的劳动体现出来。

我想讲几件小事,来看看母亲有多么勤劳。

拾麦穗儿

那是一九七六年,我和妻子在河南新密煤矿上班,母亲从老家来矿区给我们看孩子。我们的女儿那年还不到一周岁,需要有一个人帮我们看管。母亲头年秋后到矿区,到第二年过春节都没能回家。母亲还有两个孩子在老家,我的妹妹和弟弟。妹妹尚未出嫁,弟弟还在学校读书。过春节时母亲对他们也很牵挂,但为了不耽误我和妻子上班,为了照看她幼小的孙女儿,母亲还是留了下来。母亲舍不得让孩子哭,我们家又没有小推车,母亲就一天到晚把孩子抱在怀里。在天气好的时候,母亲还抱着孩子下楼,跟别的抱孩子的老太太一起,到几里外的矿区市场转悠。往往是一天抱下来,母亲的小腿都累肿了,一摁一个坑。见母亲的腿肿成那样,我心里很不是滋味。但我当时只是劝母亲注意休息,别走那么远,就没想到给孩子买一辆小推车。事情常常就是这样,多年之后想起,我们才会感到心痛,感到愧悔。可愧悔已经晚了,想补救都没了机会。

除了帮我们看孩子，每天中午母亲还帮我们做饭。趁孩子睡着了，母亲抓紧时间和面，擀面条。这样，我们下班一回到家，就可以往锅里下面条。

　　矿区内包括一些农村，农村的沟沟坡坡都种着麦子。母亲对麦子很关心，时常跟我们说一些麦子生长的消息。麦子抽穗儿了。麦子扬花儿了。麦子黄芒了。再过几天就该动镰割麦了。母亲的心思我知道，她想回老家参与收麦。每年收麦，生产队都把气氛造得很足，把事情搞得很隆重，像过节一样。因为麦子生长周期长，头年秋天种上，到第二年夏天才能收割，人们差不多要等一年。期盼得时间越长，割麦时人们越显得兴奋。按母亲的说法，都等了大长一年了，谁都不想错过麦季子。然而我对收麦的事情不是很热衷。我觉得自己既然当了工人，就是工人的身份，而不是农民的身份。工人阶级既然是领导阶级，就要与农民阶级拉开一点距离。所以在母亲没有明确说出回老家收麦的情况下，我也没有顺着母亲的心思，主动提出让母亲回老家收麦。我的理由在那里明摆着，我们的女儿的确离不开奶奶的照看。

收麦开始了,母亲抱着孙女儿站在我们家的阳台上,就能看见拉着一捆捆麦子的架子车一辆一辆从楼下走过。在一个星期天,母亲终于明确提出,她要下地拾麦。母亲说,去年在老家,她一个麦季子拾了三十多斤麦子呢!母亲的这个要求我们无法阻止,星期天妻子休息,可以在家看孩子。那时还凭粮票买粮食,我们全家的商品粮供应标准一个月还不到八十斤,说实话有点紧巴。母亲要是拾到麦子,多少对家里的口粮也是一点贴补。在粮店里,我们所买到的都是不知道放了多少年的陈麦磨出的面。母亲若拾回麦子,肯定是新麦。新麦怎么吃都是香的。

到底让不让母亲去拾麦,我还是有些犹豫。大热天的让母亲去拾麦,我倒不是怕邻居说我不孝。孝顺孝顺,孝和顺是连在一起的。没让母亲回老家收麦,我已经违背了母亲的意志,若再不同意母亲去拾麦,我真的有些不孝了。之所以犹豫,是因为我担心母亲人生地不熟的,没地方去拾麦。我的老家在豫东,那里是一马平川的大平原,麦地随处可见。矿区在豫西,这里是浅山地带,麦子种在山坡或山沟里,零零碎碎,连不成片。我把我的担心跟母亲说了。母亲让我放心，说看见哪里有收过麦的麦地，她就到哪里去拾。我让母亲一定戴上草帽，太阳毒，别晒着。母亲同意。我劝母亲带上一壶水，渴了就喝一口。母亲说不会渴，喝不着水。我还跟母亲说了一句笑话："您别走那么远，别迷了路，回不来。"母亲笑了，说我把她当成小孩子了。

母亲中午不打算回家吃饭，她提上那只准备盛麦穗儿用的黄帆布提包，用手巾包了一个馒头，就出发了。虽然我没有随母亲去，有些情景是可以想象的。比如母亲一走进收割过的麦地，就会全神贯注，低头寻觅。每发现一个麦穗儿，母亲都会很欣喜。母亲的眼睛已经花了，有些秕麦穗儿她会看不清，拾到麦穗儿她要捏一捏，麦穗儿发硬，她就放进提包里，若发软，她就不要了。提包容积有限，带芒的麦穗儿又比较占地方，当提包快盛满了，母亲会把麦穗儿搓一搓，把麦糠扬弃，只把麦粒儿留下，再接着拾。母亲一开始干活儿就忘了饿，不到半下午，她不会想起吃馒头。还有一些情况是不敢想象的。我不知道当地农民许不许别人到他们的地里拾麦子，他们看见一个外地老太太拾他们没收干净的麦子，会不会呵斥我母亲？倘母亲因拾麦而受委屈，岂不是我这个当儿子的罪过！

傍晚，母亲才回来了。母亲的脸都热红了，鞋上和裤腿的下半段落着一层黄土。母亲说，这里的麦子长得不好，穗儿都太小，她走了好远，才拾了这么一点。母亲估计，她一整天拾的麦子，去掉麦糠，不过五六斤的样子。我接过母亲手中的提包，说不少不少，很不少，让母亲洗洗脸，快歇歇吧。母亲好像没受到什么委屈。第二天，母亲还要去拾麦，她说走得更远一点试试。妻子只好把女儿托给同在矿区居住的我的岳母暂管。

母亲一共拾了三天麦穗儿。她把拾到的麦穗儿在狭小的阳台上用擀面杖又捶又打，用洗脸盆又簸又扬，收拾干净后，收获了二三十斤麦子。母亲似乎感到欣慰，当年的麦季她总算没有白过。

妻子和母亲一起，到附近农村借用人家的石头碓子，把麦子外面的一层皮舂去了，只留下麦仁儿。烧稀饭时把麦仁儿下进锅里，嚼起来筋筋道道，满口清香，真的很好吃。妻子把新麦仁儿分给岳母一些，岳母也说新麦好吃。

没回生产队参加收麦,母亲付出了代价,当年队里没分给母亲小麦。母亲没挣到工分,用工分参与分配的那一部分小麦当然没有母亲的份儿,可按人头分配的那一半人头粮,队里也给母亲取消了。母亲因此很生气,去找队长论理。队长是我的堂叔,他说,他以为母亲不回来了呢!母亲说,她还是村里的人,怎么能不回来!

后来我回家探亲,堂叔去跟我说话,当着我的面,母亲又质问堂叔,为啥不分给她小麦。堂叔支支吾吾,说不出像样的理由,显得很尴尬。我赶紧把话题岔开了。没让母亲回队里收麦,责任在我。

捡布片儿

在上个世纪八十年代的中后期,我们家搬到北京朝阳区的静安里居住。这是我们举家迁至北京的第三个住所。第一个住所在灵通观一座六层楼的顶层,我们家和另一家合住。我们家住的是九平方米的小屋。第二个住所,我们家从六楼搬到该楼二楼,仍是与人家合住,只不过住房面积增加至十五平方米。搬到静安里一幢新建居民楼的二楼,我们才总算有了独门独户的二居室和一个小客厅,再也不用与别人家共用一个厨房和厕所了。

住房稍宽敞些,我几乎每年都接母亲到城里住一段时间。一般是秋凉时来京,在北京住一冬天,第二年麦收前回老家。母亲有头疼病,天越冷疼得越厉害。老家的冬天屋内结冰,太冷。而北京的居室里有暖气供应,母亲的头就不怎么疼了。母亲愿意挨着暖气散热器睡觉。她甚至跟老家的人说,是北京的暖气把她的头疼病暖好了。

母亲到哪里都不闲着,仿佛她生来就是干活儿的,不找点活儿干,她浑身都不自在。这时我们的儿子已开始上小学,我和妻子中午都不能回家,母亲的主要任务是中午为儿子和她自己做一顿饭。为了帮我们筹备晚上的饭菜,母亲每天还要到附近的农贸市场买菜。她在市场上转来转去,货比三家,哪家的菜最便宜,她就买哪家的。妻子的意见是,母亲只要把菜买回来就行了,等她下班回家,菜由她下锅炒。有些话妻子不好明说,母亲的眼睛花得厉害,又舍不得多用自来水,洗菜洗得比较简单,有时菜叶上还有黄泥,母亲就把菜放到锅里去了。因话没有说明,妻子不让母亲炒菜,母亲理解成儿媳妇怕她累着。而母亲认为,她的儿子和儿媳妇在班上累了一天,回家不应再干活儿,应该吃点现成饭才好。母亲炒菜的积极性越发地高。往往是我们刚进家门,母亲已把几个菜炒好,并盛在盘子里,用碗扣着,摆在了餐桌上。母亲炒的大都是青菜,如绿豆芽、芹菜之类。因样数比较多,显得很丰富。母亲总是很高兴的样子,让我们赶紧趁热吃。好在我妻子从来不扫母亲的兴,吃到母亲炒的每一样菜,她都说好吃、好吃。

倒是我表现得不够好。我嫌菜太素,没有肉或者肉太少,没什么吃头儿,吃得不是很香。还有,妻子爱吃绿豆芽,我不爱吃绿豆芽,母亲为了照顾妻子的口味,经常炒绿豆芽,把我的口味撇到一边去了。有一次,我见母亲让我吃这吃那,自己却舍不得吃,我说:"是您炒的菜,您得带头儿多吃。"话一出口,我就有些后悔,可已经晚了。定是我的话里带出了不满的情绪,母亲的情绪一下子低落下来。我不应该有那样的情绪,这件事够我忏悔一辈子的。

买菜做饭的活儿不够母亲干,母亲的目光被我们楼门口前面的一个垃圾场吸引住了。我们住的地方是新建成的住宅小区,配套设施暂时还跟不上,整个小区没有封闭式垃圾站,也没有垃圾桶,垃圾都倒在一个露天垃圾场上,摊成很大的一片。市环卫局的大卡车每两三天才把垃圾清理一次。垃圾多是生活垃圾,也有生产垃圾。不远处有一家规模很大的衬衫厂,厂里的垃圾也往垃圾场上倒,生产垃圾也不少。垃圾场引来不少捡垃圾的人,有男的,有女的;有本地人,也有外地人。他们手持小铁钩子,轮番在垃圾场扒来扒去,捡来捡去。母亲对那些生产垃圾比较感兴趣。她先是站在场外看人家捡。后来一个老太太跟她搭话,她就下场帮老太太捡。她捡的纸纸片片、瓶瓶罐罐,都给了老太太。再后来,母亲或许是接受了老太太的建议,或许是自己动了心,她也开始捡一些自己认为有用的东西拿回家来。母亲从生产垃圾堆里只捡三样东西:纱线、扣子和布片儿。她把乱麻般的纱线理出头绪,再缠成团。她捡到的扣子都是那种缀在衬衣上的小白扣儿,有塑料制成的,也有贝壳做成的。扣子都很完好,一点破损都没有(计划经济时期,工人对原材料不是很爱惜)。母亲把捡到的扣子盛到一只塑料袋里,不几天就捡了小半袋,有上百枚。母亲跟我说,把这些线和扣子拿回老家去,不管送给谁,谁都会很高兴。

母亲捡得最多的是那些碎布片儿。布片儿是衬衫厂裁下来的下脚料,面积都不大,大的像杨树叶,小的像枫树叶。布片儿捡回家,母亲把每一块布片儿都剪成面积相等的三角形,然后戴上老花镜,用针线把布片儿细细地缝在一起。四块三角形的布片就可以对成一个正方形。再把许许多多正方形拼接在一起呢,就可以拼出一条大面积的床单或被单。在我们老家,这种把碎布拼接在一起的做法叫对花布。谁家的孩子娇,需要穿百家衣,孩子的母亲就走遍全村,从每家每户要来一片布,对成花布,做成百家衣。那时各家都缺布,有的人家连块给衣服的破洞打补丁的布都没有,要找够能做一件百家衣的布片儿难着呢。即使把布片儿讨够了,花色也很单一,多是黑的和白的。让母亲高兴的是,在城里被人说成垃圾的东西里,她轻易就能捡出好多花花绿绿的新布片儿。

母亲对花布对得很认真，也很用心，像是把对花布当成工艺美术作品来做。比如在花色的搭配上，一块红的，必配一块绿的；一块深色的，必配一块浅色的；一块方格的，必配一块团花的；一块素雅的，必配一块热闹的，等等。一条被单才对了一半，母亲就把花布展示给我和妻子看。花布上百花齐放，真的很漂亮。谁能说这样的花布不是一幅图画呢！这就是我的心灵手巧的母亲，是她把垃圾变成了花儿，把废品变成了布。

然而当母亲对妻子说，准备把对好的被单送给我妻子时，我妻子说，她不要，家里放的还有新被单。妻子让母亲把被单拿回老家自己用，或者送给别人。妻子私下里对我说，布片儿对成的被单不卫生。垃圾堆里什么垃圾都有，布片儿既然扔到垃圾堆里，上面不知沾染了多少细菌呢。妻子让我找个机会跟母亲说一声，以后别去垃圾堆里捡布片儿了。妻子的意思我明白，她不想让母亲捡布片儿，不只是从卫生角度考虑问题，还牵涉我们夫妻的面子问题。这个问题我也考虑过。那些捡垃圾的多是衣食无着的人，而我的母亲吃不愁，穿不愁，没必要再去垃圾堆里捡东西。我和妻子毕竟是国家的正式职工,工作还算可以,让别人每天在垃圾场上看见母亲的身影,对我们的面子不是很有利。于是我找了个机会,委婉地劝母亲别去捡布片儿了。我说出的理由是,布片儿不干净,接触多了对身体不好。人有一个好身体是最重要的。母亲像是很快明白了我的意思,答应不去捡布片儿了。

我以为母亲真的不去捡布片儿了,也放弃了用布片儿对被单。十几年之后,母亲在老家养病,我回去陪伴母亲。有一次母亲让我猜,她在北京那段时间一共对了多少条被单。我猜一条?两条?母亲只是笑。我承认我猜不出,母亲才告诉我,她一共对了五条被单。被单的面积是很大的,把一条被单在双人床上铺开,要比双人床长出好多,宽出近一倍。用零碎的小三角形布片儿对出五条被单来,要费多少功夫,付出多么大的耐心和辛劳啊!不难明白,自从我说了不让母亲去捡布片儿后,母亲再捡布片儿、对床单,就避免让我们看见。等我和妻子上班去了,儿子上学去了,母亲才投入对被单的工作。估计我们该下班了,母亲就把布片儿和被单收起来,放好,做得不露一点痕迹。临回老家时,母亲提前就把被单压在提包下面了。

母亲把她对的被单送给我大姐、二姐和妹妹各一条。母亲去世后，姐妹们把被单视为对母亲的一种纪念物，对被单都很珍惜。可惜，我没有那样一条母亲亲手制作的纪念品（写到这里，我泪流不止，哽咽不止）。

搂树叶儿

只要在家，母亲每年秋天都要去村外的路边塘畔搂树叶儿。如同农人每年都要收获粮食，母亲还要不失时机地收获树叶儿。我们那里不是扫树叶儿，是搂树叶儿。搂树叶儿的基本工具有两件，一件是竹筢子；另一件是大号的荆条筐。用带排钩儿的竹筢子把树叶儿聚拢到一起，盛到荆条筐里就行了。

不是谁想搂树叶儿就能搂到的，这里有个时机问题。如果时机掌握得好，可以搂到大量的树叶儿。错过了时机呢，就搂不到树叶儿，或者只能搂到很少的树叶儿。树叶儿在树上长了一春，一夏，又一秋，仿佛对枝头很留恋似的，不肯轻易落下。你明明看见树叶发黄了，发红了，风一吹它们乱招手，露出再见的意思，却迟迟没有离去。直到某天夜里，寒霜降临，大风骤起，树叶儿才纷纷落下。树叶儿不落是不落，一落就像听到了统一的号令，采取了统一的行动，短时间铺满一地。这是第一个时机。第二个时机是，你必须在树叶儿集中落地的当天清晨早点起来，赶在别人前面去树下搂树叶儿。两个时机都抓住了，你才会满载而归。在我们村，母亲是一贯坚持每年搂树叶儿的人之一，也是极少数能把两个时机都牢牢抓住的搂树叶儿者之一。

母亲对气候很敏感，加上母亲睡觉轻，夜间稍有点风吹草动就醒了。一听见树叶儿哗哗落地，母亲就不睡了，马上起床去搂树叶儿。院子里落的树叶儿母亲不急着搂，自家的院落自家的树，树叶儿落下来自然归我们家所有。母亲先去搂的是公共地界上落的树叶儿。往往是村里好多人还在睡觉，母亲已大筐大筐地把树叶儿往家里运。母亲搂回的什么树叶儿都有，有大片的桐树叶儿，中片的杨树叶儿和柿树叶儿，还有小片的柳树叶儿和椿树叶儿。树叶儿有金黄的，也有玫瑰红的。母亲把树叶儿摊在院子里晾晒，乍一看还以为是满院子五彩杂陈的花瓣儿呢!

母亲搂树叶儿当然是为了烧锅用。在人民公社和生产队那会儿,社员都买不起煤。队里的麦草和玉米秸秆不是铡碎喂牲口了,就是沤粪用了,极少分给社员。可以说家家都缺烧的。烧的和吃的同样重要,按母亲的话说,有了这把柴火,锅就烧滚了;缺了这把柴火呢,饭就做不熟。为了弄到烧的,人们不仅把地表上的草毛缨子都收拾干净,还挖地三尺,把河坡上的茅草根都扒出来。女儿一岁多时,我把女儿抱回老家,托给母亲照管。母亲一边看着我女儿,仍不耽误她一边搂树叶儿。母亲不光自己搂树叶儿,还用一根大针纫了一根线,教我女儿拾树叶儿。女儿拾到一片树叶儿,就穿在线上,一会儿就穿了一大串。以至我女儿回到矿区后,一见地上的落叶儿就惊喜得不得了,一再说:"咋恁多树叶子呀!"挣着身子,非要去捡树叶儿给奶奶烧锅。

上了年纪,母亲的腿脚不那么灵便了,可她每年秋天搂树叶儿的习惯还保持着。按说这时候母亲不必搂树叶儿了。分田到户后,粮食打得多,庄稼秆也收得多,各家的柴草大垛小垛,再也不用为缺烧的发愁。有的人

18

家甚至把多余的玉米秆在地里点燃了，弄得狼烟滚滚。我托人从矿上给母亲拉了煤，并让人把煤做成一个个蜂窝形状的型煤，母亲连柴火都不用烧了。可母亲为什么还要去村外搂树叶儿呢？

树叶儿落时正是寒风起时，母亲等于顶着阵阵寒风去搂树叶儿。有时母亲刚把树叶儿搂到一起，一阵大风刮来，又把树叶儿吹散了，母亲还得重新搂。母亲低头把搂到一堆的树叶往筐里抱时，风却把母亲的头巾刮飞了，母亲花白的头发飞扬着，还得赶紧去追头巾。母亲搂着树下的树叶儿，树上的树叶还在不断落着。熟透了的树叶儿像是很厚重，落在地上啪啪作响。母亲搂完了一层树叶儿，并不马上离开，等着搂第二层、第三层树叶儿。在沟塘边，一些树叶儿落在水里，一些树叶儿落在斜坡上。落进水里的树叶儿母亲就不要了，落在斜坡上的树叶儿，母亲还要小心地沿着斜坡下去，把树叶儿搂上来。刘姓是我们村的大姓，我在村里有众多的堂弟。不少堂弟都劝我母亲不要搂树叶儿了。他们叫我母亲"大娘"，说大娘要是没烧的，就到他们的柴草垛上抱去。这么大年纪了，还起早贪黑地搂树叶子，何必呢！

有的堂弟还提到了我,说:"大娘,俺大哥在北京工作,让我们在家里多照顾您。您这么大年纪了还自己搂树叶子烧,大哥要是知道了,叫我们的脸往哪儿搁呢!"

这话说得有些重了,母亲不做出解释不行了,母亲说,搂树叶儿累不着她,她权当出来走走,活动活动身体。

我回家看望母亲,一些堂弟和叔叔婶子出于好心好意,纷纷向我反映母亲还在搂树叶儿的事。他们的反映带有一点告状的性质,仿佛我母亲做下了什么错事。这就是说,不让母亲搂树叶儿,在我们村已形成了一种舆论,母亲搂树叶儿不仅要付出辛劳,还要顶着舆论的压力。母亲似乎有些顶不住了,有一天母亲对我说:"他们都不想让我搂树叶儿了,这咋办呢?"

我知道,母亲在听我一句话,我要是也不让母亲搂树叶儿,母亲也许再也不去搂了。我选择了支持母亲,说:"娘,只要您高兴,想搂树叶儿只管搂,别管别人说什么。"

朋友们,在这件事情上,我没有做错吧?

就算我没有做对,你们也要骗骗我,不要说我不对。

在有关母亲的事情上，我已经脆弱得不能再脆弱了。

二〇〇五年一月

大姐的婚事

　　堂嫂给我大姐介绍了一个对象,是堂嫂娘家那村的。堂嫂家和我们家同住一个院子,我大姐当时又是生产队的妇女队长,堂嫂和大姐可以说天天见面。可是,堂嫂没有把介绍对象的事直接对大姐说,而是先悄悄地跟我母亲说了。母亲暂且把事情放在心里,也没有对大姐提及。母亲认为这是我们家的一件大事,需要和我商量一下。父亲去世后,我作为家里的长子,母亲把我推到了户主的位置,遇到什么大事都要征求一下我的意见。我当年正读初中二年级,在镇上中学住校,每个星期天才回家一次。等到星期天我回家,母亲就把堂嫂给

22

大姐介绍对象的事对我说了。大姐比我大五岁，是到了该找对象的年龄。大姐找什么样的对象，的确是我们家的一件大事，必须慎重对待。

堂嫂给大姐介绍的对象，是一位在县城读书的在校高中生。高中生的父亲是我的老师，教我们班的地理课。我在我们学校的篮球场上见过那个高中生，他的身材、面貌都不错，据说学习也可以。让人不能接受的是，他的家庭成分是富农。在那个以阶级斗争为纲的年代，人与人之间是以家庭成分划线的，一个人的家庭成分对一个人的命运几乎起着决定性的作用。不仅如此，一个不好的家庭成分，还会对其所构成的社会关系起到负面的辐射作用。这就是说，如果我们家和那个高中生结成了亲戚，在我们家的亲戚关系中，就得写上其中一家是富农。这对我们兄弟姐妹今后的进步会很不利。我还有二姐、妹妹和弟弟，第一个找对象的大姐，应该给我们开一个好头儿。还有一个不容回避的问题是，我父亲曾在冯玉祥部当过一个下级军官，被人说成是"历史反革命"。因为这个问题，我们已经饱受歧视，几乎成了惊弓之鸟。在这种情况下，如果再给大姐找一个富农家的

23

孩子做对象,我们家招致的歧视会更多,社会地位还得下降。于是,我断然否定了这门亲事。母亲说是跟我商量,其实是以我的意见为主。母亲把我的意见转告给堂嫂,堂嫂就不再提这件事。我甚至对堂嫂也有意见,在心里埋怨堂嫂不该给大姐介绍这样的对象,不该把我们的大姐往富农家庭里推。

别人给大姐介绍对象,决定权应该属于大姐。同意不同意,应该由大姐说了算。就算不能完全由大姐决定,大姐至少应该有知情权。然而,我和母亲把大姐瞒得严严的,就把堂嫂给大姐介绍的对象给回绝了。

接着,又有人给大姐介绍了一个对象,还是堂嫂那村的。这个对象识字不多,但家里的成分是贫农。既然成分好,我就没有什么理由反对大姐和人家见面。这个对象后来成了我们的大姐夫。大姐夫勤劳,会做生意,对大姐也很好。据大姐说,刚和大姐夫结婚时,他们家只有两间草房,家里穷得连一块支整子的砖头都找不到,连一个可坐的板凳头儿都没有。为了攒钱把家里的房子翻盖一下,大姐夫贩过粮食,贩过牛,还贩过石灰和沙子。有一回,大姐夫从挺远的地方用架子车往回拉沙子,半路下起雨来。他舍不得花钱住店,夜里就睡在一家供销社室外的窗台上。为防止睡着后从窗台上摔下来,他解下架子车上的襻绳,把自己拴在护窗的铁栅栏上。他带的有一块防雨的塑料布,但他没有把塑料布裹在自己身上,而是盖在了沙子上面。风吹雨斜,把他的衣服都淋湿了。大姐夫和大姐苦劳苦挣,省吃俭用,终于盖起了四间砖瓦房,还另外盖了两间西厢房和一间灶屋。大姐夫特意在院子里栽了一棵柿子树,每到秋天,红红的柿子挂满枝头,连柿叶都变成了红色。

大姐家的好日子刚刚开头,大姐夫却因身患重病于二〇〇五年五月一日去世了。大姐夫去世时,还不到六十岁。大姐夫的去世,对大姐是一个沉重的打击。

当年农历十月初,我回老家为母亲烧纸,大姐和二姐也去了。在烧纸期间,大姐在母亲坟前长跪不起,大哭不止。大姐一边哭,一边对母亲说:"娘啊,你咋不说话呢?你咋不管管俺家的事呢?夜这样长,我可怎么熬得过去啊!"我劝大姐别哭了。劝着大姐,我的泪水也模糊了双眼。倒是二姐理解大姐,二姐说:"别劝大姐,让大姐好好哭一会儿吧。大姐心里难过,哭哭会好受些。"旷野里一阵秋风吹来,把坟前黑色的灰烬吹上了天空。我听从了二姐的话,没有再劝大姐。我强忍泪水,用带到坟地的镰刀,清理长在母亲坟上的楮树棵子和吊瓜秧子。

为了陪伴和安慰大姐,这次回老家,我到大姐家住了几天。在和大姐回忆过去的事情时,我才对大姐说明,堂嫂曾给大姐介绍过一个对象。大姐一听,显得有些惊奇,说她一点儿都不知道。因为同村,大姐认识那个人,并叫出了他的名字,说人家现在是中学的校长。我还能说什么呢?因为我的年少无知、短视、自私和自以为是,当初我做出的可能是一个错误的决定。四十多年过去了,这件事情我之所以老也不能忘记,是觉得有些对不起大姐。大姐一点儿都没有埋怨我,说那时候都是那样,找对象不看人,都是先讲成分。

二〇一一年四月

留守的二姐

    在我国各地农村,留守儿童数以千万计。留守儿童所面临的种种问题,已受到社会的广泛关注。每每看到有关留守儿童的报道,我都比较留意。因为我总会联想起二姐和二姐家的留守儿童。这么多年来,二姐为抚育和照顾她的孙辈,付出的太多了,二姐太累了!

    二姐喜欢土地,她认为人到什么时候都得种庄稼,都得靠土地养活,土地是最可靠的。村里的青壮男人和女人一批又一批外出打工,二姐却一年又一年留在家里种地,从来没有出去过。二姐重视土地是一方面,还有一个主要的原因,是二姐被她家的留守儿童拴住了,脱不开身。

二姐有三个孩子，两个儿子和一个女儿。大儿子和大儿媳去上海打工，把他们的两个孩子都留给了二姐。这两个孩子，一个男孩儿，一个女孩儿。男孩儿刚上小学，女孩儿才两三岁。冬冬夏夏，二姐管他们吃饭、穿衣，更在意他们的安全。村里有一个老爷爷，一眼没看好留守的孙子，孙子就掉到井里淹死了。爷爷心疼孙子，又觉得无法跟儿子、儿媳交代，抱着孙子的小尸体躺在床上，自己也喝农药死了。这件事让二姐非常警惕，心上安全的弦绷得很紧，一会儿看不见孙子、孙女，她就赶快去找。哪个孩子若有点头疼脑热，二姐一点儿都不敢大意，马上带孩子去医院看，并日夜守护在孩子身边。直到孩子又活泼起来，二姐才放心。

大儿子的两个孩子还没长大，二儿子的孩子又出生了。二姐的二儿子和二儿媳都在城里教书，二儿媳急着去南京读研，她生下的婴儿刚满月，就完全交给了二姐。因家穷供不起，二姐小时候只上过三年学就辍学了。二姐对孩子们读书总是很支持，并为有出息的孩子感到骄傲。二姐对二儿媳说：去吧，好好读书吧，孩子交给我，你只管放心。喂养婴儿可不是一件容易的事，二姐日夜把婴儿搂在怀里,饿了冲奶粉,尿了换尿不湿,所受的辛苦可想而知。二姐不愿让婴儿多哭,有时半夜还抱着婴儿在床前走来走去。有一年秋天我回老家看二姐,见二姐明显消瘦,而她怀里的孙子却又白又胖。孙子接近三岁,该去城里上幼儿园了,他的爸爸妈妈才把他接走。这时他不认爸爸妈妈,只认奶奶。听说爸爸妈妈要接他走,他躲在门后大哭,拉都拉不出去。二姐只好把他送到城里,又陪他在城里住了一段时间,等他跟爸爸妈妈熟悉了,才离开。

到这里,我想二姐该休息一下了。不,二姐还是休息不成。二〇一〇年秋天,二姐的女儿生了孩子。二姐的女儿在杭州读研究生,因为要返校交毕业论文,还有论文答辩,孩子还没有满月就托给了二姐。新一轮喂养婴儿的工作又开始了,二姐再度陷入紧张状态。听二姐夫说,这个婴儿老是在夜间哭闹,闹得二姐整夜都不能睡。有时需要给婴儿冲点奶粉,婴儿哭闹得都放不下。亏得二姐夫没有外出打工,可以给二姐帮把手。在婴儿不哭的时候,二姐摸着婴儿的小脸蛋逗她说:你这个小闺女,不该我看你呀!你有奶奶,怎么该姥姥看你呢!

见外孙女被逗得咧着小嘴笑,二姐心里充满喜悦。

其实,二姐的身体并不是很好。年轻时,二姐早早就入了党。二姐当过生产队的妇女队长,当过县里学习毛主席著作积极分子,是全公社有名的"铁姑娘"。在生产队里割麦,二姐总是冲在最前头。从河底往河岸上拉河泥,别的女劳力都是两个人拉一辆架子车,只有二姐是一个人拉一辆架子车。因下力太过,二姐身上落下的毛病不算少。在我看来,二姐就是要强,心劲足,勇于担责,富于自我牺牲精神。换句话说,二姐的精神力量大于她的身体力量,她身体能量的超常付出,靠的是精神力量的支撑。

我们姐弟五个,我和弟弟早就在城里安了家,大姐和妹妹也相继随家人到了城里。现在仍在农村种地的只有我二姐。近年来,我每年回老家到母亲坟前烧纸,都是先到二姐家,由二姐准备好纸、炮和祭品,我们一块儿回到老家的院子里,把落满灰尘的屋子稍事打扫,再一块儿到坟地烧纸。我和二姐聊起来,二姐说,她这一辈子哪儿都不去了,在农村挺好的。想当年,二姐满怀壮志,一心想离开农村,往社会上层走。如今迁徙之风风起云涌,人们纷纷往城里走,二姐反倒踏下心来,只与农村、土地和庄稼为伍。二姐习惯关注国内外的大事,她注意到,现在世界上很多国家缺粮食,粮食还是最宝贵的东西。二姐说,等今年的新小麦收下来,她不打算卖了,晒干后都储存起来,万一遇到灾荒年,让我们都到她家去吃。二姐的说法让人眼湿。

今年临近麦收,二姐病了一场,在县医院打了十多天吊针,病情才有所缓解。岁月不饶人。二姐毕竟是年逾花甲的人了,经不起过度劳累。我劝二姐,人的身体力量和精神力量都是有限的,凡事须量力而行,以自己的身体为重。

二〇一一年六月

妹妹不识字

我妹妹不识字,她一天学都没上过。

我们姐弟六个,活下来五个。大姐、二姐各上过三年学。我上过九年学。弟弟上了大学。只有我妹妹从未踩过学校的门。

不管是男孩子,还是女孩子,我们姐弟都很喜欢读书。比如我二姐,她比我大两岁。因村里办学晚了,二姐与我在同一个班,同一个年级。二姐学习成绩很好,在班里数一数二。一九六〇年夏天,我父亲病逝后,母亲就不让二姐再上学了。那天正吃午饭,二姐一听说不让她上学,连饭也不吃了,放下饭碗就要到学校去。母亲抓住她,不让她去。她使劲往外挣。母亲就打她。二

32

姐不服，哭的声音很大，还躺在地上打滚儿。母亲的火气上来了，抓过一只笤帚疙瘩，打二姐打得更厉害。与我家同住一个院的堂婶看不过去，说哪有这样打孩子的，劝母亲别打了。母亲这才说了她的难处。母亲说，几个孩子嘴都顾不住，能活命就不错了，哪能都上学呢！母亲也哭了。见母亲一哭，二姐没有再坚持去上学，她又哭了一会儿，爬起来到地里去薅草。从那天起，二姐就失学了。

我很庆幸，母亲没有说不让我继续上学。

妹妹比我小三岁。在二姐失学的时候，妹妹也到了上学的年龄。母亲没有让我妹妹去上学，妹妹自己好像也没提出过上学的要求。我们全家似乎都把妹妹该上学的事忘记了。妹妹当时的任务是看管我们的小弟弟。小弟弟有残疾，是个罗锅腰。我嫌他太难看，放学后，或星期天，我从不愿意带他玩儿。他特别希望跟我这个当哥哥的出去玩儿，我不带他，他就大哭。他哭我也不管，只管甩下他，跑走了。他只会在地上爬，不会站起来走，反正他追不上我。一跑到院子门口，我就躲到墙角后面观察他，等他觉得没希望了，哭得不那么厉害了，我才悄悄溜走。平日里，都是我妹妹带他玩儿。妹妹让小弟弟搂紧她的脖子，她双手托着小弟弟的两条腿，把小弟弟背到这家，背到那家。她用泥巴给小弟弟捏小黄狗，用高粱篾子给小弟弟编花喜鹊，还把小弟弟的头发朝上扎起来，再绑上一朵石榴花。有时她还背着小弟弟到田野里去，走得很远，带小弟弟去看满坡地的麦子。妹妹从来不嫌弃小弟弟长得难看，谁要是指出小弟弟是个罗锅腰，妹妹就跟人家生气。

妹妹还会捉鱼。她用竹篮子在水塘里捉些小鱼儿，炒熟了给小弟弟吃。那时我们家吃不起油，妹妹炒鱼时只能放一点盐。我闻到炒熟的小鱼儿很香，也想吃。我骗小弟弟，说替他拿着小鱼儿，他吃一个，我就给他发一个。结果有一半小鱼儿跑到我肚子里去了，小弟弟再伸手跟我要，就没有了。小弟弟突然病死后，我想起了这件事，觉得非常痛心，非常对不起小弟弟。于是我狠哭狠哭，哭得浑身抽搐，四肢麻木，几乎昏死过去。母亲赶紧找来一个老先生，让人家给我扎了几针，放出几滴血，我才缓过来了。

我妹妹下面还有一个弟弟，是我们的二弟弟。二弟弟到了上学年龄，母亲按时让他上学去了。这时候，母亲仍没有让妹妹去上学。妹妹没有跟二弟弟攀比，似乎也没有什么怨言，每天照样下地薅草，拾柴，放羊。大姐二姐都在生产队里干活儿，挣工分。妹妹还小，队里不让她挣工分，她只能给家里干些放羊拾柴的小活儿。我们家做饭烧的柴草，多半是妹妹拾来的。妹妹一天接一天地把小羊放大了，母亲把羊牵到集上卖掉，换来的钱一半给我和二弟弟交了学费，另一半买了一只小猪娃。这些情况我当时并不完全知道。妹妹每天下地，我每天上学，我们很少在一起。中午我回家吃饭，往往看见妹妹背着一大筐青草从地里回来。我们家养猪很少喂粮食，都是给猪喂青草。妹妹每天至少要给猪薅两大筐青草，才能把猪喂饱。妹妹的脸晒得通红，头发辫子毛茸茸的，汗水浸湿了打着补丁的衣衫。我对妹妹不是很关心，看见她跟没看见她差不多，很少跟她说话。妹妹每天薅草，喂猪，我当时没觉得有什么不正常。至于家里让谁上学，不让谁上学，那是母亲的事，不是我的事。

妹妹是很聪明的，学东西很快，记性也好。我们村有一个老奶奶，会唱不少小曲儿。下雨天或下雪天，妹妹到老奶奶家去听小曲儿,听几遍就把小曲儿学会了。妹妹唱得声音颤颤的,虽说有点胆怯,却比老奶奶唱得还要好听许多。我们在学校里唱的歌,妹妹也会唱。我想定是我们在教室里学唱歌时,被妹妹听到了。我们的教室是土坯房,房四周裂着不少缝子,一唱歌传出很远。妹妹也许正在教室后面的坑边薅草,她一听唱歌就被吸引住了。妹妹不是学生,没有资格进教室,她就跟着墙缝子里冒出来的歌声学。不然的话,妹妹不会那么快就把我们刚学会的歌也学会了。我敢说,妹妹要是上学的话,肯定是一个好学生,学习成绩一定很好,在班里不能拿第一名,也能拿第二名。可惜得很,妹妹一直没得到上学的机会。

我考上镇里的中学后,就开始住校,每星期只回家一次。我星期六下午回家,星期天下午按时返校。我回家一般也不干活儿,主要目的是回家拿吃的。母亲为我准备好够一个星期吃的红薯和用红薯片儿磨成的面,我带上就走了。秋季的一个星期天,我又该往学校背面了,可家里一点面也没有了。夏季分的粮食吃完了,秋季的庄稼还没完全成熟,怎么办呢? 我还要到学校上晚自习,就快快不乐地走了。我头天晚上没吃饭,第二天早上也没吃东西,饿着肚子坚持上课。那天下着小雨,秋风吹得窗外的杨树叶子哗哗响,我身上一阵阵发冷。上完第二节课,课间休息时,同学们都出去了,我一个人在教室里待着。有个同学在外面告诉我,有人找我。我出去一看,是妹妹来了。她靠在一棵树后,很胆怯的样子。妹妹的衣服被雨淋湿了,打绺的头发沾在她的额头上。她从怀里掏出一个黑毛巾包递给我。我认出这是母亲天天戴的头巾。里面包的是几块红薯,红薯还热乎着,冒着微微的白气。妹妹说,这是母亲从自留地里扒的,红薯还没长开个儿,扒了好几棵才这么多。我饿急了,拿过红薯就吃,噎得我胸口直疼。事后知道,妹妹冒着雨在外面整整等了我一个课时。她以前从未来过我们学校,见很大的校园里绿树成荫,鸦雀无声,一排排教室里正在上课,就躲在一棵树后,不敢问,也不敢走动。她又怕我饿得受不住,急得都快哭了。直到下课,有同学问她,她才说是找我。

后来我到外地参加工作后,给大姐、二姐都写过信,就是没给妹妹写过信。妹妹不识字,给她写信她也不会看。这时我才想到，妹妹也该上学的，哪怕像两个姐姐那样，只上几年学也好呀。妹妹出嫁后，有一次回家问我母亲，她小时候为什么不让她上学。妹妹一定是遇到了不识字的难处，才向母亲问这个话。母亲把这话告诉我了，意思是埋怨妹妹不该翻旧账。我听后，一下子觉得十分伤感。我觉得这不是母亲的责任，是我这个长子长兄的责任。母亲一心供我上学，就没能力供妹妹上学了。实际上是我剥夺了妹妹上学的权利，或者说是妹妹为我做出了牺牲。牺牲的结果，我妹妹一辈子都是一个睁眼瞎啊！

在单位，一听说为"希望工程"捐款，我就争取多捐。因为我想起了我妹妹，想到还有不少女孩子像小时候的我妹妹一样，因家庭困难而上不起学。有一年春天，我到陕西一家贫困矿工家里采访。这家有一个正上小学六年级的女孩子，还是班长和少先队的大队长。我刚跟女孩子的母亲说了几句话，女孩子就扭过脸去哭起来。因为女孩子的父亲因意外事故死去了，家里交不起学费，女孩子正面临失学的危险。女孩子最害怕的就是不让她继续上学。这种情况让我马上想到了我二姐，还有我妹妹。我的眼泪哗哗地流,哽咽得说不成话,采访也进行不下去。我掏出一点钱,给女孩子的母亲,让她给女孩子交学费,千万别让女孩子失学。

我想过,给"希望工程"捐款也好,替别的女孩子交学费也好,都不能给我妹妹弥补什么。可是,我有什么办法呢?

二〇〇二年四月

凭什么我可以吃一个鸡蛋

一九六七年初中毕业后,我回乡当了两年多农民。我承认,我不是一个好农民,因为我对种地总也提不起兴趣。我成天想的是,怎样脱离家乡那块黏土地,到别的地方去生活。我不敢奢望一定到城市里去,心想只要挪挪窝儿就可以。

若是我从来没有外出过,走出去的心情不会那么急切。在一九六六年秋冬红卫兵大串联期间,当年十五岁的我,身穿黑粗布棉袄、棉裤,背着跟当过兵的堂哥借来的黄书包,先后到了北京、武汉、长沙、杭州、上海、南京等大城市,在湘潭过了元旦,在上海过了春节。外出之前,我是一个黄巴巴的瘦小子。串到城市里的红卫兵接待站,我每天吃的是大米饭、白面馒头,有时还有鱼和肉。串了一个多月回到家,我的脸都吃大了,几乎成了一个胖子。这样一来,我的欲望就膨胀起来了,心也跑野了。我的头脑里装进了外面的世界,知道天外有天,河外有河,外面是那样广阔,那般美好。回头再看我们村庄,灰灰的,矮趴趴的,又瘦又小,实在没什么吸引人的地方。不行,我要走,我要甩掉脚上的泥巴,到别的地方去。

这期间,我被抽调到公社毛泽东思想文艺宣传队干了一段时间。在宣传队也不错,我每天和一帮男女青年唱歌跳舞,移植革命样板戏,到各大队巡回演出,过的是欢乐的日子。宣传队没有食堂,我们到公社的小食堂,跟公社干部们一块儿吃饭。干部们吃豆腐,我们跟着吃豆腐;干部们吃肉包子,我们也吃肉包子。我记得,我们住在一家被打倒的地主家的楼房里,公社每月发给我们每人十五块钱生活费,生产队还按出满勤给我们记工分。我们的待遇很让农村青年们羡慕。要是宣传队长期存在就好了,那样的话,我就不用再回到庄稼地里去。不料宣传队是临时性的,它头年秋后成立,到了第二年春天，小麦刚起身就解散了。没办法，再留恋宣传队的生活也无用，我只得拿起锄头，重新回到农民的行列。

还有一条可以走出农村的途径，那就是去当兵。那时全国人民学习解放军的口号喊得震天响，农村青年对应征入伍都很积极。我曾两次报名参军，体检都没问题。但一到政治审查这一关，就把我刷下来了。原因是我父亲曾在冯玉祥部当过一个下级军官，被人说成是历史反革命。想想看，一个历史反革命的儿子，人家怎么能容许你混入革命队伍呢！第一次报名参军不成，已经让我感到深受打击。第二次报名参军又遭拒绝，我几乎陷入一种绝望的境地。我觉得自己完蛋了，这一辈子再也没什么前途了。我甚至想到，这样下去，活着还有什么意思呢！

我消沉下来，不愿说话，不愿理人，连饭都不想吃。我一天比一天瘦，忧郁得都挂了相。憋屈得实在受不了，我的办法是躲到村外一片茂密的苇子棵里去唱歌。我选择的是一些忧伤的、抒情的歌曲，大声把歌曲唱了一支又一支，直唱得泪水顺着两边的眼角流下来，并在苇子棵里睡了一觉，压抑的情绪才稍稍有所缓解。

母亲和儿子是连心的,我悲观的情绪自然是瞒不过母亲。我知道母亲心里也很难过,但母亲不能改变我的命运,也无从安慰我。"文革"一开始,母亲就把我父亲穿军装的照片和她自己随军时穿旗袍的照片统统烧掉了。照片虽然烧掉了,历史是烧不掉的。已经去世的父亲无论如何也想不到,他的那段历史会株连到他的儿子。母亲曾当着我的面埋怨过父亲,说都是因为父亲的过去把我的前程给耽误了。母亲埋怨父亲时,我没有说话,没有顺着母亲的话埋怨父亲,更没有对母亲流露出半点不满之意。母亲为了抚养她的子女,承受着一般农村妇女所不能承受的沉重压力,已经付出了千辛万苦,如果我再给母亲脸子看,就显得我太没人心。我不怨任何人,只怨自己命运不济。

有一天早上,母亲做出了一个决定,给我煮一个鸡蛋吃。我们家通常的早饭是,在锅边贴一些红薯面的锅饼子,在锅底烧些红薯茶。锅饼子是死面的,红薯茶是稀汤寡水。我们啃一口锅饼子,喝一口红薯茶,没有什么菜可就,连腌咸菜都没有。母亲砸一点蒜汁儿,把鸡蛋剥开,切成四瓣,泡在蒜汁儿里,给我当菜吃。鸡蛋当时在我们那里可是奢侈品，一个人一年到头都难得吃一个鸡蛋。过麦季时，往面条锅里撒一些鸡蛋花儿，全家人吃一个鸡蛋就不错了。有的人家娇孩子，过生日时才能吃到一个鸡蛋。那么，差不多家家都养鸡，鸡下的蛋到哪里去了呢？鸡蛋一个个攒下来，拿到集上换煤油和盐去了。比起吃鸡蛋，煤油和盐更重要。没有煤油，就不能点灯，夜里就得摸黑。没有盐吃，人干活儿就没有力气。我家那年养有一只公鸡、两只母鸡。由于舍不得给鸡喂粮食，母鸡下蛋下得不是很勤，一只母鸡隔一天才会下一个蛋。以前，我们家的鸡蛋也是舍不得吃，也是拿鸡蛋到集上换煤油和盐。母亲这次一改往日的做法，竟拿出一个鸡蛋给我吃。我在大串联时和宣传队里吃过好吃的，再吃又硬又黏的红薯面锅饼子，实在难以下咽。有一个鸡蛋泡在蒜汁儿里当菜就好多了，我很快就把一个锅饼子吃了下去。

问题是，我母亲没有吃鸡蛋，大姐、二姐没有吃鸡蛋，妹妹和弟弟也没有吃鸡蛋，只有我一个人每天早饭时吃一个鸡蛋。我吃得并不是心安理得，但让我至今回想起来仍感到羞愧甚至羞耻的是，我没有拒绝，的确一次又一次把鸡蛋吃掉了。我没有让给家里任何一个亲人吃，每天独自享用一个宝贵的鸡蛋。我那时还缺乏反思的能力，也没有自问：凭什么我就可以吃一个鸡蛋呢？要论辛苦，全家人数母亲最辛苦。为了多挣工分，母亲风里雨里，泥里水里，一年到头和生产队里的男劳力一起干活儿。冬天下雪，村里别的妇女都不出工了，母亲还要到场院里去给牲口铡草，一趟一趟往麦地里抬雪。要数对家里的贡献，大姐、二姐都比我贡献大。大姐是妇女小组长，二姐是生产队的妇女队长，她们干起活儿来都很争强，只能冲在别人前头，绝不会落在别人后头。因此，她们挣的工分是妇女劳力里最高的。要按大让小的规矩，妹妹比我小两岁，弟弟比我小五岁，妹妹天天薅草、拾柴，弟弟正上小学，他们正是长身体的时候，更需要营养。可是，他们都没有吃鸡蛋，母亲只让我一个人吃。

我相信，他们都知道鸡蛋好吃，都想吃鸡蛋。我不知道，母亲在背后跟他们说什么没有，做过什么工作没有，反正他们都没有提意见，没有和我攀比，都默默地接受了让我在家里搞特殊化的现实。大姐、二姐看见我吃鸡蛋，跟没看见一样，拿着锅饼子，端着红薯茶，就到别的地方吃去了。妹妹一听见刚下过蛋的母鸡在鸡窝里叫，就抢先去把温热的鸡蛋拾出来，递给母亲，让母亲煮给我吃。

我不是家长，家长还是母亲，我只是家里的长子。作为长子，应该为这个家多承担责任，多做出牺牲才是。我没有承担什么，更没有主动做出牺牲。我的表现不像长子，倒像是家里最小的孩子。

我们那里有句俗话，会哭闹的孩子有奶吃。我没有哭，没有闹，有的只是苦闷、沉默。也许在母亲看来，我不哭不闹，比又哭又闹还让她痛心。可能是母亲怕我憋出病来，怕我有个好歹，就决定让我每天吃一个鸡蛋。

姐妹兄弟们生来是平等的，在一个家庭里应该有着平等的待遇。如果父母对哪个孩子有所偏爱，或在物质利益上格外优待某个孩子，会被别的孩子说成偏心，甚至会导致家庭矛盾。母亲顾不得那么多了，毅然做出了让我吃一个鸡蛋的决定。

如今，鸡蛋早已不是什么奢侈品，家家都有不少鸡蛋，想吃几个都可以。可是，关于一个鸡蛋的往事却留在我的记忆里了。时间过去了四十多年,记忆不但没有模糊,反而变得愈发清晰。鸡蛋像是唤起记忆的一个线索,只要一看到鸡蛋,一吃鸡蛋,我心里一停,又一突,那个记忆就回到眼前。一个鸡蛋的记忆几乎成了我的一种心理负担,它教我反思,教我一再自问:凭什么我可以吃一个鸡蛋?自问的结果是,我那时太自私,太不懂事,我对母亲、大姐、二姐、妹妹和弟弟都心怀愧悔,永远的愧悔。

在母亲最后的日子里,我天天陪伴母亲。我的职业性质使我可以自由支配自己的时间,有时间给母亲做饭,陪母亲说话。有一天,我终于对母亲把我的愧悔说了出来。我说:那时候我实在不应该一个人吃鸡蛋,过后啥时候想起来都让人心里难受。我想,母亲也许会对我解释一下让我吃鸡蛋的缘由,不料母亲却说:都是过去的事了,你这孩子,还提它干什么!

二〇一二年十二月

端灯

从童年到青年,我在河南农村老家生活了十九年。在我离开老家之前,我们家照明一直使用煤油灯。这种灯是用废旧墨水玻璃瓶制成的,瓶口盖着一个圆的薄铁片,铁片中间嵌着一根细铁管,铁管里续进草纸或棉线做成的灯捻子,煤油通过灯捻子浸上去,灯就可以点燃了。在我的印象里,我们家的灯头总是很小,恐怕比一粒黄豆大不了多少。"黄豆"在灯口上方玩杂技般地顶着,颤颤的,摇摇的,像是随时会滚落,灯像是随时会熄灭。可灯头再小也是灯,它带给我们家的光明是显而易见的。吃晚饭时,灶屋里亮着灯,我们才会顺利地走到锅边去盛饭,饭勺才不至于挖到锅台上。母亲在大雪飘飘的冬夜里纺线,因灯在地上的纺车怀里放着,我们躺在床上,就能看到纺车轮子的巨大影子在房顶来回滚动。

关于灯,我还听母亲和姐姐说过一些谜语,比如:一头大老犍,铺三间,盖三间,尾巴还在门外边。再比如:一只黑老鸹,嘴里衔着一朵小黄花,灯灯灯,就不对你说。这些谜语都很好玩,都够我猜半天的,给我的童年增添不少乐趣。

最有趣的事情要数端灯。

为省油起见,我们家平日只备一盏灯。灯有时在灶屋用,有时在堂屋用;有时在外间屋用,有时在里间屋用,这样就需要把灯移来移去,移灯的过程就是端灯的过程。从外间屋往里间屋端灯比较容易,因为屋里没风,不用担心灯会被风吹灭。而从灶屋往堂屋端灯就不那么容易了。我们家的灶屋在堂屋对面,离堂屋有二十多米远。从灶屋把灯端出来,要从南到北走过整个院子,才能把灯端到堂屋。当然了,倘是把灯在灶屋吹灭,端到堂屋再点上,这是轻而易举的事。可如果那样的话,就没什么可说的了。关键是要把明着的灯从灶屋端

49

到堂屋，而且是日复一日、年复一年地从不间断，这就让人难忘了。

一开始，我并不知道母亲这样端灯是为了每天省下一根火柴，我是用游戏的眼光看待这件事情，觉得母亲大概是为了好玩儿，为了在我们面前显示她端灯的技术。的确，母亲端灯的技术是很高明的。她一只手遮护着灯头，一只手端着灯瓶子，照直朝堂屋门口走去。母亲既不看灯头，也不看地面，眼睛越过灯光，只使劲向堂屋门口的方向看着，走得不疾不缓，稳稳当当。这时灯光把母亲的身影照得异常高大，母亲仿佛成了顶天立地的一位巨人。母亲跨进堂屋的那一刻，灯头是忽闪了几下，但它终究没有灭掉，灯的光亮直接得到延续。

刮风天或下雪天，端灯要困难一些。母亲的办法是解开棉袄大襟下面的扣子，把灯头掩藏在大襟里面，以遮风蔽雪。风把母亲的头发吹得飘扬起来，雪花落在母亲肩头，可小小的灯头却在母亲怀里得到了很好的保护。

我的大姐和二姐也会端灯，只是不如母亲端得好。她们手上端着灯，脚下探摸着，走得小心翼翼。她们生怕脚下绊上盛草的筐子、拴羊的绳子，或是堂屋门口的那几层台阶。要是万一摔倒了，不光灯要灭，煤油要洒，说不定整个灯都会摔碎。那样的话，我们家的损失就大了。我注意到，大姐和二姐端灯时，神情都十分专注、严肃，绝不说话，更不左顾右盼。她们把灯端到指定位置，手从灯头旁拿开，脸上才露出轻松的微笑。

我也要端灯。在一次晚饭后，锅刷完了，灶屋的一切都收拾利索了，我提出了端灯的要求，并抢先把灯端在手里。大姐和二姐都不让我端，她们认为，我出门走不了几步，灯就得灭。我不服气，坚持要端。这时候，我仍不知道把灯端来端去的目的是为了节省火柴。母亲发话，让我端一下试试。

我模仿大姐二姐的姿势，先把端灯的手部动作在灶屋里做好，固定住，才慢慢地向门外移动。我觉得院子里没什么风，不料一出门口，灯头就开始忽闪。我顿感紧张，赶紧停下来看着灯头，照顾灯头。我的眼睛一看灯头不要紧，四周黑得跟无底洞一样，什么都看不见了。待灯头稍事稳定，我继续往前走时，禁不住低头瞅了一下地面。地面还没瞅到，灯头又忽闪起来，这次忽闪得

51

更厉害,灯头的小腰乱扭一气,像是在挣扎。我"哎哎哎"喊着,灯头到底还是没保住,一下子灭掉了。

大姐埋怨我,说你看你看,不让你端,你非要端,又得费一根火柴。

直到这时我才明白,端灯的事是和节省火柴联系在一起的。母亲没有埋怨我,而是帮我算了一笔账:如果我们家每天省一根火柴,一月就能省三十根,一盒火柴二分钱,总共不过五六十根,省下三十根火柴,就等于省下一分钱。一分钱是不多,可少一分钱人家就不卖给你火柴啊!听了母亲算的账,我知道了端灯的事不是闹着玩儿的,它是过日子的一部分。我们那里形容一个人会过日子,说恨不能把一分钱掰成两半花。而我们的母亲呢,却把一分钱分成了二十瓣、三十瓣,每一瓣都代表着一根火柴。我为自己浪费了一根火柴深感惭愧。

我感到欣慰的是,后来我终于学会了端灯。当我第一次把燃着的灯完好地从灶屋端到堂屋时,那种油然而生的成功感是不言而喻的。

二〇〇一年十月

挑水

在我少年时候的印象里,挑水对我们家来说是个很大的负担。

我们院子里住着好几户人家,共用一副水筲。水筲是堂叔家的。谁家需要挑水,把水筲取来,挑起来就走。很长一段时间,我都不知道水筲是堂叔家的,还以为是我们家的呢。水筲是用柏木做成的,上下打着好几道铁箍,筲口穿着铁系子。加上水筲每天都湿漉漉的,水分很足,所以水筲本身就很重,一副水筲恐怕有几十斤。水筲里盛满了水就更重,一担水至少超过百斤,没有一把子力气是挑不动的。

挑水的担子是特制的,两端镶有固定的铁链子和铁钩儿，它不叫扁担，叫钩担。用钩担和水筲挑水，对人的身高也有要求，如果达不到一定的高度，就不能把水筲挑离地面。

我们家离水井也不近，水井在村南，我们家在村北，挑一担水要来回穿过整个村街。水是必需品。做饭，刷锅，喂猪，都用水。洗菜，洗衣，洗脸，也离不开水。我们家每天都要用一担到两担水。

父亲活着时，我们家用水都是父亲挑。父亲挑水当然不成问题。父亲挑着空水筲往院子外面走时，水筲的铁系子咿呀咿呀响。父亲挑了重水筲回家，铁系子就不响了，变成了父亲的脚响。父亲的大脚踩在地上嚓嚓的，节奏感很强，像是在给忽闪忽闪的钩担和水筲打拍子。父亲去世后，我母亲接过了挑水的担子。母亲挑水就不那么轻松，每次挑水回来，母亲累得都直喘粗气。后来生产队为了照顾我们家，就让母亲参加男劳力干活儿，以多挣工分。繁重的劳动每天都把我们的母亲累得筋疲力尽。有时母亲还要出河工，吃住在挖河的工地。家里还有年迈的祖父，还有我们姐弟六人，日子还得过下去。于是就轮到我大姐挑起了挑水的担子。

那时大姐不过十三四岁,身子还很单薄,那样大的水筲对大姐来说是显得过于沉重了。可我们家没钱买小铁桶,瓦罐子又太容易破碎,只能用水筲挑水。我们那里把钩担两端的铁链子和铁钩儿叫成钩担穗子。钩担的穗子长,大姐的个子低,大姐挑不起水筲怎么办呢?大姐就把钩担穗子挽起来,把铁钩倒扣在钩担上,这样大姐才能勉强把一对水筲挑起来。用钩担把水筲系进井里打水也不容易,技术上要求很高,需要把水筲在水面上方左右摆动,待筲口倾斜向水面,猛地把水筲扣下,才能打到水。这全靠手上的寸劲儿,摆的幅度不够,水筲就只能漂在水面。摆动太大,或往下放松太多,铁钩会脱离水筲的铁系子,致使水筲沉入井底。那样麻烦就大了。大姐第一次去挑水,我担心她不会摆水,担心她会把水筲丢进井里。还好,大姐总算把水挑回来了。大姐走一阵,停下来歇歇,再走。水挑子压力太大,大姐绷着劲,绷得满脸通红。大姐把前后水筲的平衡掌握得不是太好,前面碰一下地,后面碰一下地。水筲每碰一下地,水就洒出一些。等大姐把水挑进灶屋,满筲水只剩半筲了。

干天干地还好一些,遇上下雨下雪,大姐去挑水就更困难。我们那里是黏土地,见点水地就变得稀烂,泥巴深得拽脚,大姐每走一步都要付出加倍的力气。在这种情况下,大姐仍要去挑水。在雨季,我常常看见大姐赤着脚把水挑回来,身上的衣服也湿透了。而在雪天,大姐出门就是一身雪,水挑回来时,连水筲里都漂着雪块子。按说可以在好天好地时把水储存下一些,可我们家唯一的一口水缸盛粮食了,我们家用水都是随用随挑。有时挑来的水还没用完,邻家又要用水筲去挑水,大姐就把剩余的水倒进一只和面用的瓦盆里。瓦盆不大,容积很有限。

秋季的一天,下着小雨。大姐去挑水时,小雨把钩担淋湿了。钩担经过长期使用,本来就很滑手,一淋了雨,钩担就更滑,简直像涂了一层油。大姐在水井里把水筲灌满了水,却提不上来了。连着两三次,大姐把水筲提到井筒半腰,手一滑,水筲又出溜下去。最后一次,大姐半蹲着身子,咬紧牙关,终于把水筲提出了井口。就是那一次,大姐由于用力太过,感到了身体不适。那天把水挑回去后,大姐哭了。她想到了她的今后,伤心伤得很远。从那以后,大姐每次去挑水都很畏难。特别是一到雨天,大姐更不愿去挑水。好在我二姐顶上来了,二姐身体比较结实,人也争强,二姐把挑水的事承担下来。

随着我逐渐长大,似乎该由我挑水了,因为我是我们家的长子。可是,母亲一直不让我挑水。母亲明确说过,她怕我挑水太早,压得长不高,以后不好找对象。母亲怕我长不高,难道就不怕大姐、二姐长不高吗?母亲不让我挑水,显然是出于对我的偏心。我注意到,我的大姐、二姐也从来不攀着我挑水。她们都有不想挑水的时候,为挑水的事,她们之间有时还闹点小小的矛盾,但她们从来没提过该轮到我去挑水了。想来主要是我不够自觉,也比较懒,反正我挑水挑得极少。

关于挑水的一些事情,我当时并不完全知情,一些细节是后来听母亲和大姐、二姐说的。她们是以回忆的口气说过去的事,说明她们早就不必挑水了,早就把担子从肩上卸下来了。可我听得心里一沉,像是重新把挑水的担子挑了起来。我想把担子卸下来却不那么容易。

二〇〇二年十二月

57

野生鱼

　　我老家的河塘很多，到处都是明水。河是长的，河水从远方流过来，又向远方流过去。塘的形态不规则，或圆或方。塘里的水像镜面一样，只反光，不流动。有水就有鱼，这话是确切的，或者说曾经是确切的。至少在我还是一个少年的时候，我们那里水里有鱼。那些鱼不是放养的，都是野生野长的鱼。野生鱼也叫杂鱼，种类繁多，难以胜数。占比率较多的，我记得有鲫鱼、鲇鱼、黑鱼、鳜鱼、嘎牙、窜条，还有泥鳅、蚂虾、螃蟹、黄鳝等。既然是野生鱼，它们就没有主家。野草谁都可以薅，野兔谁都可以逮，野生鱼呢，谁都可以钓，可以摸。

　　下过一两场春雨，地气上升，塘水泛白。我便找出钓竿,挖些红色的蚯蚓,到水边去钓鱼。我的钓竿是一根木棍,粗糙得很,说不上有什么弹性,但这丝毫不影响我对钓鱼的兴致,我在春水边一蹲就是半天。芦芽从水里钻出来了,刚钻出水面的芦芽是紫红色,倒影是黑灰色。岸边的杏花映进水里,水里一片模糊的白色。有鱼碰到芦芽了,或是在啄吃附着在芦芽上的小蛤蜊,使芦芽摇出一圈圈涟漪。涟漪在不断扩大,以至波击到我的鱼漂。鱼漂是用蒜白做成的,灵敏度很高,稍有动静,鱼漂就颤动不已。这时我不会提竿,有前来捣乱的蜻蜓落在钓竿的竿头,我仍然不会提竿,我要等鱼漂真正动起来。经验告诉我,钓鱼主要的诀窍就是一个字,那就是等。除了等,还是等。你只要有耐心,善于等,水底的鱼总会游过来,总会经不住诱饵的诱惑,尝试着吃钩儿。不是吹牛,每次去钓鱼,没多有少,我从没有空过手。当把一个银块子一样的鱼儿提出水面的一刹那,鱼儿摆着尾巴,弯着身子,在使劲挣扎。鱼儿挣扎的力道通过鱼线传到钓竿上,通过钓竿传到我手上,再传到我心里,仿佛一头是鱼儿,一头是心脏,鱼儿在跳,心比鱼儿跳得还快,那种激动的心情实在难以言表。

钓鱼上瘾,夏天我也钓鱼。一个炎热的午后,知了在叫,村里的大人们在午睡,我独自一人,悄悄去村东的一个水塘钓鱼。水塘周围长满了芦苇,芦苇很高,也很茂密,把整个水塘都遮住了,从外面看,只见苇林,不见水塘。我分开芦苇,走到塘边,往水里一看,简直高兴坏了。一群鲫鱼,有几十条,集体浮在水的表面,几乎露出了青色的脊背,正旁若无人地游来游去。这种情况,被大人说成是鱼晒鳞。对不起了,可爱的鲫鱼们,趁你们出来晒鳞,我要钓你们。我把鱼漂摘下来,把包有鱼饵的鱼钩直接放到了鱼面前。鲫鱼倒是不客气,我清楚地看见,一条鲫鱼一张嘴就把鱼钩吃进嘴里。我眼疾手快,手腕一抖,往上一提,就把一条大鲫鱼钓了上来。当我把一条鲫鱼从鱼的队伍里钓出来时,别的鱼都有些出乎意料似的,一哄而散,很快潜入水底。鲫鱼的智力还是有问题,我刚把鱼钩从鲫鱼嘴里取下来,那些鲫鱼又聚拢在一起,浮上来,继续缓缓游动。我如法炮制,很快又把一条鲫鱼钓了上来。那天中午,我钓到了十几条又白又肥的鲫鱼。

除了钓鱼,我还会摸鱼。摸鱼是盲目的,等于瞎摸。

是呀,我把身子缩在水里,水淹到嘴巴下面,留着嘴巴换气,水里什么东西都看不见,全凭两只手在水里摸来摸去,不是瞎摸是什么!再说,水是鱼的自由世界,人家在水里射来射去,身手非常敏捷。而人的手指头远远赶不上鱼游的速度,要摸到鱼谈何容易!哎,您别说,只要我下水摸鱼,总会有倒霉的鱼栽到我手里。

我在村里小学上二年级的时候,一天下午,老师带我们到河堤上去摘蓖麻。蓖麻是我们春天种的,到了夏末和秋天,一串串蓖麻成熟了,就可以采摘。那天天气比较热,摘了一阵蓖麻后,老师允许我们男生下到河里洗个澡。男孩子洗澡从来不好好洗,一下水就乱扑腾一气。正扑腾着,一个男生一弯腰就抓到了一条鲫鱼。那条鲫鱼是金黄色,肚子一侧走着一条像是带荧光的银线,煞是漂亮。男生一甩手,把鲫鱼抛到了岸边。鲫鱼跳了几个高,就不跳了,躺在那里喘气。见一个男生抓到了鱼,我们都开始摸起鱼来。河里的野生鱼太多了,不是我们要摸鱼,像是鱼主动地在摸我们。有的调皮的小鱼甚至连连啄我们的腿,仿佛一边啄一边说:来吧,摸我吧,看你能不能摸到我!有的男生不大会摸鱼,他们

61

的办法,是扑在水浅的岸边,用肚皮一下一下往岸上激水。水被激到岸上,水草里藏着的鱼也被激到了岸上。水像退潮一样退了下来,光着身子的鱼却留在了岸上,他们上去就把鱼摁住了。那次我们在水里扑腾了不到半小时,每人都摸到了好几条鱼。我摸到了鲫鱼、鳜鱼,还摸到了一条比较棘手的嘎牙。嘎牙背上和身体两侧生有利刺,在水中,它的利刺是抿着的。一旦捉到它,把它拿出水面,它的利刺会迅速打开,露出锋芒。稍有不慎,手就会被利刺扎伤。有人摸到嘎牙,为避免被利刺扎伤,就把嘎牙放掉了,我摸到嘎牙就不撒手,连同裹在嘎牙身上的水草,一块儿把嘎牙拿出水面,抛在岸上。嘎牙张开利刺,吱吱叫着,很不情愿的样子,但已经晚了。

现在我们那里没有野生鱼了,河里塘里都没有了。有一段时间,小造纸厂排出的污水把河水塘水都染成了酱黑色,野生鱼像受到化学武器袭击一样,统统都被毒死了,连子子孙孙都毒死了。我回老家看过,我小时候钓过鱼的水塘,黑乎乎的水里扔着垃圾,沤得冒着气泡。气泡炸开,散发出难闻的毒气。这样的水别说野生鱼无法生存,连生命力极强的水草和芦苇都不长了,岸边变得光秃秃的。

　　不光是野生鱼,连一些野生鸟和昆虫,都变得难以寻觅。以前,我们那里的黄鹂子和赤眉鸟是很多的,如今再也见不到它们的踪影,再也听不到它们的歌声。蚂蚱也是,过去野地里的各色蚂蚱有几十种,构成了庞大的蚂蚱家族。农药的普遍使用,使蚂蚱遭到了灭顶之灾。

　　我想,也许有一天,连被我们称为害虫的老鼠、蚊子、蟑螂等也没有了,地球上只剩下我们人类。到那时候,恐怕离人类的灭亡就不远了。

二〇一三年十月

那双翻毛皮鞋

母亲到矿区帮我们看孩子,老家只有我弟弟一个人在家。弟弟当时正在镇上的中学读高中,吃在学校,住在学校,每星期直到星期天才回家一次。以前弟弟回家时,都是母亲给他做饭吃。母亲不在家,弟弟只好自己生火烧锅,自己做饭。那是一九七五年,母亲秋天到矿区,直到第二年麦收之后才回老家。也就是说,连当年的春节,都是弟弟一个人度过的。过春节讲究红火热闹,阖家团圆。而那一年,我们家是冷清的,我弟弟的春节是过得孤苦的。这一点是我后来才想到的。当时,我并没有多想弟弟一个人的春节该怎么过,好像把远在家乡的弟弟忘记了。

弟弟也是母亲的儿子,母亲对儿子肯定是牵挂的。可是,母亲并没有把牵挂挂在嘴上,过春节期间,我没听见母亲念叨我弟弟,她对我弟弟的牵挂是默默的牵挂。直到临回老家的前一天,母亲才对我提出,要把我的一双翻毛皮鞋捎回家给我弟弟穿一穿。母亲出来七八个月,她要回家了,我这个当哥哥的,应该给弟弟买一点什么东西捎回去。我父亲过世早,弟弟几乎没得到过什么父爱,我应该给弟弟一些关爱。然而我连一分钱的东西都没想起给弟弟买。在这种情况下,我母亲提出把我的翻毛皮鞋捎给弟弟穿,我当然也没有任何理由不同意。那是矿上发的劳动保护用品,看上去笨重得很,我只在天寒地冻的时候才穿,天一暖就不穿了。我从床下找出那双落满灰尘、皮子已经老化得发硬的皮鞋,交给了母亲。

我弟弟学习成绩很好,是他所在班的班长。我后来还听说,那个班至少有两个女同学爱着我弟弟。弟弟的同学大概都知道,他们班长的哥哥在外边当煤矿工人,是挣工资的人。因我没给弟弟买过什么东西,他的穿戴与别的同学没什么区别,一点儿都不显优越。母亲把翻毛皮鞋捎回去了,弟弟穿上皮鞋在校园里一走,一定会给弟弟提不少精神。弟弟的同学也会注意到弟弟脚上的皮鞋,他们对弟弟的羡慕可想而知。

让我一辈子都不能原谅自己的是,这年秋天,一位老乡回家探亲前找到我,问我有没有托给他的事,我想了想,让他把我的翻毛皮鞋捎回来。话一出口,我就觉得不妥,母亲既然把皮鞋带给了弟弟,我怎么能再要回来呢!当然,我至少可以找出两种理由为自己开脱,比如,因我小时候在老家被冻烂过脚后跟,以后每年冬天脚后跟都会被冻烂。我当上工人后,拿我的劳保用品深筒胶靴与别的工种的工友换了同是劳保用品的翻毛皮鞋,并穿上妻子给我织的厚厚的毛线袜子,脚后跟才没有再冻烂过。再比如,那时我们夫妻俩的工资加起来还不到七十元,都是这月望着下月的工资过生活,根本没有能力省出钱来去买一双新的翻毛皮鞋。尽管如此,我还是有些后悔,一双旧皮鞋都舍不得留给弟弟,是不是太过分了,这哪是一个当哥哥的应有的道理!我心里悄悄想,也许母亲会生气,拒绝把皮鞋捎回来。也许弟弟已经把皮鞋穿坏了,使皮鞋失去了往回捎的价值。老乡回老家后,我不但不希望老乡把皮鞋捎回来,倒希望他最好空手而归。

十几天后,老乡从老家回来了,他把那双刷得干干净净的翻毛皮鞋捎了回来。接过皮鞋,我心里一沉,没敢多问什么,就把皮鞋收了起来。从那以后,那双翻毛皮鞋我再也没穿过。

我兄弟姐妹六人,最小的弟弟七岁病死,还有五人。在我年少和年轻的时候,朦胧觉得孩子是父母的孩子,只有父母才对孩子负有责任,而兄弟姐妹之间是没有的,谁都不用管谁。随着年龄的增长,我才认识到了,一娘同胞的兄弟姐妹,因血脉相连,亲情相连,彼此之间也是负有责任的,应当互相关心、互相照顾才是。回过头来看,在翻毛皮鞋的事情上,我对弟弟是愧悔的。时间愈久,愧悔愈重。时过境迁,现在大家都不穿翻毛皮鞋了。就算我现在给弟弟买上一千双翻毛皮鞋,也弥补不了我的愧悔之情。我应该对弟弟说出我的愧悔。作为弟弟的长兄,因碍着面子,我迟迟没有说出。那么,我对母亲说出来,请求母亲的原谅总可以吧。可是,还没等我把愧悔的话说出来,母亲就下世了。每念及此,我眼里就涌满了眼泪。有时半夜醒来,我突然想起那双翻毛皮鞋的事,就难受得好一会儿无法入睡。现在我把我的愧悔对天下人说出来了,心里才稍稍觉得好受一点。

二〇一〇年九月

烟的往事

上个世纪七十年代,我在河南新密煤矿当工人时,每年都有十二天的探亲假。只要回家探亲,有两样东西是必须带的,一是烟卷儿,二是糖块儿。烟卷儿是敬给爷爷、叔叔们抽的,糖块儿是发给孩子们吃的。那时我们村在外边工作的人很少,我一回家,村里几乎所有的男人都愿意到我家跟我说话。他们听我讲讲外面的事情是一个方面,另一个方面也不必讳言,他们为的是能抽到烟卷儿,提高一下抽烟的档次。我们村的成年男人差不多都抽烟,但谁都抽不起烟卷儿。他们把烟卷儿说成是洋烟,说洋烟,好家伙,那可不是有嘴就能抽到的。平日里,他们用烟袋锅子抽旱烟,或把揉碎的烟末撒在纸片上，卷成"一头拧"，安在嘴上抽。我回家探亲，等于为他们提供了一个为数不多的抽洋烟的机会，或许他们都不愿错过这个机会。为了省钱，我自己不怎么抽烟，但我回家必须带足够的烟。

我乐意带烟给乡亲们抽。他们来我家抽烟，是看得起我，跟我不外气。我是拿工资的人，买几条烟我还是舍得的。我的小小的虚荣心让我变得有些大方，我手拿烟盒，一遍又一遍给他们散烟。我家的堂屋里老是烟雾腾腾，烟头一会儿就扔满一地。我父亲也抽烟，而且烟瘾很大。然而在我九岁时，父亲就去世了，父亲没有抽过儿子买的一根烟。我给乡亲们上烟，权当他们代我父亲抽吧！

有一个梦，我不知道重复过多少遍。梦到我回家探亲，刚走到村头，就遇见了一个爷爷或一个叔叔。我的第一反应，就是马上给人家掏烟。我掏遍全身的口袋，竟没有掏出烟来。坏了，我忘记带烟了。我顿觉自己非常无礼，也非常难堪，有些无地自容的意思。我同时对自己的行为感到吃惊，以至于惊出了一身汗。好在吃惊之后我就醒过来了，知道自己并没有做错事。这个梦让我明白，回家带烟的事是上了梦境的，可见我对此事多么重视。这个梦也一再提醒我，回老家千万别忘了带烟。

那时回家探亲，不能在家里闲着，还要下地和社员们一块儿干活儿。下地干活儿时，我也要带上烟，趁工间休息把烟掏给大伙儿抽。有一次，我掏出一整盒烟卷儿散了一圈，散到哑巴跟前时，烟没有了，独独缺了应给哑巴的一根。哑巴眼巴巴地看着我，等着我给他发烟。哑巴又哑又聋，我无法跟他解释。我把空烟盒在手里攥巴攥巴，意思是告诉他：对不起，烟没有了。可是，哑巴仍看着我手里攥成一团的烟盒。我只好把空烟盒扔在地上。让我没想到的是，哑巴一个箭步跳过去，把烟盒捡了起来，并把烟盒拆成烟纸，拿手掌抚平，装进口袋里。我知道了，对于哑巴来说，烟纸也是好东西，他可以把烟纸裁成纸片卷烟末抽。

我回老家带的烟，不一定是最好的。有老乡告诉我，老家的人抽惯了原烟、粗烟，带给他们的烟卷儿越好，他们抽起来越觉得没劲儿，不过瘾，只带一般的烟卷儿就行了。可是，我每次回老家，还是尽量买好一些的

71

烟,从价钱上衡量,至少是中档以上的水平吧。我听说,谁回家带了什么牌子的烟,乡亲们是互相转告的,我带好一些的烟给乡亲们抽,不说别的,自己面子上会好看些。

有一年春天,我再次回老家看望母亲。有一个远门的四爷向我提出,下次回来能不能给他带一盒中华烟。他把中华烟叫成大中华,说他听说大中华是中国最好的烟,可从来没抽过,要是能抽上一根大中华,这一辈子才算没有白活。四爷抽了我带回去的烟卷儿不够,还点着名牌跟我要烟,这有些出乎我的意料。但听他对中华烟如此看重,我还是答应了他的要求。我答应得不是很痛快,说只能买一下试试。

母亲看不惯四爷张口跟我要烟,要我不要搭理他。母亲还说,四爷为人粗暴,先后娶过两个老婆,都被他跑了。对这样的人,不能由着他的意儿,不能他说什么就是什么。我说,四爷是一个长辈,当着那么多人,我不能让他把话掉在地上。至于能不能买到中华烟,我可没有把握,能买到就买,实在买不到,我也没办法。

一年过去,又该回老家看望母亲时,我记起四爷让我给他带中华烟的事。此时,我已从矿区调到煤炭部,在中国煤炭报社做编辑工作。我到一些商店问过,都不卖中华烟。营业员告诉我,中华烟是特供品,商店里是买不到的。这怎么办? 说起来我是在北京工作,竟然连一盒中华烟都弄不到,也显得太没能耐了吧! 我打听到,煤炭部的外事局备有中华烟,那是接待外宾用的。刚好我们报社有一位副总编在煤炭部办公厅工作过,跟外事局的人比较熟,我跟他说了原委,请他帮我弄一盒中华烟。我把事情说得有些严重,说这盒烟如果弄不到,我将无法面对家乡父老。副总编能够理解我的心情,几天之后,就把一盒中华烟交到我手里。

那是一盒硬盒包装的中华烟,整个盒子是大红色,一面的图案是天安门城楼,另一面的图案是华表。说来不好意思,在此之前,我从没有见过中华烟,更谈不上抽过中华烟,不知道中华烟有什么特别的好。这里顺便插一句,我不赞同用中华为一种烟命名。不管哪一种烟,都是对人的身体不利的东西,干吗用民族的名义为一种烟草冠名呢!

四爷一听说我回家,就到我家里去了。我把那盒中华烟原封不动给了他。他像是害怕别人与他分抽中华烟似的,把整盒烟往怀里一揣,赶快走掉了。

后来我听母亲说,四爷拿那盒中华烟不知跟多少人显摆过。在村里显摆不够,他还趁赶集时把烟拿到集上,跟外村的人显摆。显摆归显摆,谁想抽一根大中华那是不可以的。别说抽烟了,谁想接过去,摸摸都不行。他的借口是,烟盒还没拆开,只把烟在别人眼前晃一下,就揣到自己怀里去了。

再次回老家时我见到四爷,问他中华烟怎么样,好抽吗?四爷说,他一直没舍得抽,放得时间长了,受潮了,霉得长了黑毛儿。

二〇一二年八月

石榴落了一地

我家院子里有一棵石榴树,是我祖父亲手栽下的。祖父已下世五十多年,石榴树至少也有五十多岁了吧。几十年来,我家的房子已先后翻盖过三次,每次翻盖都不在原来的位置,不是往后坐,就是往西移。不动的是那棵石榴树,它始终坚守在原来的地方。石榴树成了我们兄弟姐妹对老家记忆的坐标,以坐标为依据,我们才能回忆起原来的房子门口在哪里,窗户在哪里。当然,石榴树带给我们的回忆还很多,恐怕比夏天开的花朵和秋天结的果子还要多。

自从母亲二〇〇三年初春去世后,我们家的房子就成了空房子,院子里的花草树木再也无人管理。好在石榴树是皮实的,有着很强的自理能力,它无须别人为它浇水、施肥、打药,一切顺其自然,该发芽时发芽,该开花时开花,该结果时结果,什么都不耽误。我们家的石榴被称为铜皮子石榴。所谓铜皮子,是指石榴成熟后皮子呈铜黄色,还有一些泛红,胭脂红。而且,石榴的皮子比较薄,薄得似乎能看出石榴籽儿凸起的颗粒。把石榴掰开来看,里面的石榴籽满满当当,晶莹得像红宝石一样,真是喜人。我们家的石榴汁液饱满,甜而不酸,还未入口,已让人满口生津。小时候吃我们家的石榴,我从来不吐核,都是连核一块儿嚼碎了吃。石榴核的香,是一种特殊的内敛的清香,只有连核一块儿吃,才能品味到这种清香。

母亲知道我爱吃石榴,老人家在世时,每年把石榴摘下,都会挑几个最大的留下来,包在棉花里,或埋在小麦芡子里,等我回家吃。有一年,母亲从老家来北京,还特地给我捎了两个石榴。石榴是耐放的果实,母亲捎给我的石榴,皮子虽说有些干了,但里面的石榴籽还是一咬一兜水,让人吃在嘴里,甜在心里。

院子的大门常年锁着,石榴成熟了,一直没人采摘,会是什么样子呢? 二〇一一年秋后的一天,我回到老家,掏出钥匙打开院子的大门,一进院子,就看到了忠于职守的石榴树。那天下着秋雨,雨下得还不小,平房顶上探出的两根排水管下面形成了两道水柱,流得哗哗的。我没有马上进屋,站在雨地里,注目对石榴树看了一会儿。石榴树似乎也认出了我,仿佛对我说:你回来了! 我说:是的,我回来了! 想到我以前回家,都是母亲跟我打招呼,而现在迎接我的只有这棵石榴树,我的双眼一下子涌满了泪水。我看到了,整棵石榴树被秋雨淋得湿漉漉的,像是沾满了游子的眼泪。石榴树的叶子差不多落完了,只有很少的几片叶子在雨点的作用下簌簌抖动。石榴树的枝条无拘无束地伸展着,枝条上挂着一串串水晶样的水珠。我同时看到了,一些石榴还在树上挂着,只是石榴的皮子张开着,石榴已变成了一只只空壳。那些变成空壳的石榴让我联想起一种盛开的花朵,像什么花朵呢? 对了,像玉兰花,玉兰花开放时,花朵才会这样大。不用说,这些空壳都是小鸟儿们造成的。有一些石榴成熟时会裂开,这为小鸟儿吃石榴籽提供了方便。就算大多数石榴不裂开，小鸟儿尖利的喙把石榴啄开也不是什么难事。不难想象，小鸟儿们互相转告了石榴成熟的信息，就争先恐后地飞到我们家院子里来了。它们当中有喜鹊、斑鸠、麻雀，还有一些不知名的小鸟儿。众鸟儿欢快地叫着，且吃且舞，如同举行一场盛大的宴会。它们对无人看管的石榴不是很爱惜，吃得不是很节约。有的把一个石榴吃了一半，就不吃了；有的踩在石榴上玩耍，把石榴蹬落在地上，就不管了。

往石榴树下看，落在地上的石榴更多，可以说是落了一地。石榴的皮都敞开着，可见都被小鸟儿吃过。那些铺陈在地上的石榴不是同一时间落下来的，因为有的石榴皮已经发黑，有的还新鲜着。所有新鲜的石榴皮里，都嵌有一些石榴籽。在雨水的浸泡里，那些玉红色的石榴籽没有马上变白变糟，在成窝儿的雨水的凸透作用下，似乎被放大了璀璨的效果。可以设想，这些石榴如及时采摘，恐怕装满两三竹篮不成问题。因无人采摘，只能任它们落在地上。在我为落地的石榴惋惜之时，又有一只喜鹊翩然飞来,落在石榴树上。喜鹊大概发现石榴树的主人回来了,似乎有些意外,并有些不好意思,把树枝一蹬,展翅飞走了。

第二天上午,雨停了。我拿起铁锨,开始清理落在地上的石榴。落在地上的不仅有石榴,还有枯叶。那些枯叶有大片的桐树叶、杨树叶,还有小片的椿树叶、槐树叶、竹叶和石榴叶等,积累有两三层厚。最下面的树叶已经发黑,腐烂;中间层的叶片尚且完整;最上面的石榴叶还是金黄的颜色。我家院子的地面没有用水泥打地坪,而是用一块块整砖铺成的。让我没想到的是,一道道砖缝里竟长出了不少野菜,那些新生的野菜叶片肥肥的,碧绿碧绿的,跟几乎零落成泥的枯叶形成鲜明对照。那些厚厚的、软软的东西很好清理,我用铁锨贴着地面一铲,就铲起满满一锨。如把这些包括石榴、枯叶和野菜在内的东西集中在一起,会堆起不小的一堆。我把这些东西堆到哪里去呢?我想了想,就把它们堆在石榴树的根部吧。它们会变成腐殖土,会变成肥料,对保护石榴树的根是有利的。

我只在家里住了两天,就辞别石榴树,锁上院子的门,离开了老家。我确信,到了明年,石榴树会照常发芽,照常开花,照常结果。不管有没有人欣赏它,它光彩烁烁的红花仍然会开满一树。不管有没有人采摘石榴,它照样会结得硕果累累,压弯枝头。

二〇一一年十二月

拾豆子

　　下过一场秋雨,天放晴了。午后我和妻子在京郊的田野间闲走。我们没有目的地,随便在山脚和田间的小路上漫步,走到哪里算哪里。山是青山,高处以松树为主,低处才是果园和多种杂树。霜降的节气过了,杂树的树叶已经有所变化,有黄有红有紫,呈现的是斑斓之色。田里的玉米棒子都收走了,玉米棵子有的被放倒,有的还在田里站着。躺在地里的玉米棵子经雨水一淋,散发出一种甜丝丝的气息。田边儿的牵牛花正在开放,越是到了秋天,它们的喇叭花开得越密,色彩愈加艳丽。有的牵牛花把"喇叭"牵到酸枣树的最高处,仿佛在对天鸣奏。结满像红珊瑚珠一样的酸枣树,似乎并不反对牵牛在它们头顶吹"喇叭",或许它们正想宣传自己的果实呢。一块小菜园在收过庄稼的地头显现出来,小菜园里辣椒的叶子还鲜绿着,辣椒却是红得欲滴的样子。还有坡坎处大片大片的芦荻花。芦荻花的花穗是银灰色,在秋阳的照耀下闪烁着银色的光芒。我和妻子各采了一些芦荻花,合在一起,扯一根草茎扎起来,就是一把膨大的花束。妻子把花束的花头在脸上触了触,说真软和。

　　来到一块割过豆子的地边,我提出到地里看一看,能不能拾一点豆子。我从小在农村长大,小时候每年秋天都到地里拾豆子。妻子小时候生活在矿区,她也有过到附近农村田地里挖野菜、溜红薯的经历。加上她后来当过知青,下乡插过队,我们对田地里土生土长的一切都有着共同的兴趣。下过雨的田地有些暄,有些陷脚,我们一踏进地里,鞋上就沾了泥。既然想拾豆子,就不能怕鞋上沾泥。豆子收割得很干净,乍一看只见豆茬,还有聚集在垄沟里的一些豆叶。但不管豆子收割得再干净,总会有一些豆粒在事先炸开的豆角里跳将出来,散落在地上,并埋在浮土里。妻子先发现了一粒豆子,捏在手上给我看,很欣喜的样子。我发现的豆子比她还多,我一下子拾到了三粒豆子。我从随身挎着的背包里翻出一个塑料口袋,把我们拾到的豆子集中放在塑料袋里。若不是下雨,这些小小的黄豆粒是很难被发现的。黄豆粒大概也不愿被埋没,它们盼着:给我雨,给我水!雨下来了,雨水拨开了浮土,淋在豆粒身上,豆粒很快便以又白又胖的姿态呈现出来。被雨水淋湿的豆叶巴巴地贴在地上,散发的是一股股草香。用手搂开垄沟里的豆叶,常常能让人眼前一亮,禁不住叫出好来。因为豆叶下面往往藏着一窝白胖喜人的豆粒。覆盖着的豆叶让我想起玩把戏的人常用的一块布单,布单一掀开,说声变,把戏就变了出来。这里的把戏是豆粒。

没有风,天蓝得有些高远。我和妻子在地里低头寻觅,黄黄的秋阳照在身上暖暖的。一只灰色的蚂蚱从我脚前飞起来,发出细碎的响声。蚂蚱没飞多远,便停了下来。一只大腹便便的螳螂,立在一棵豆茬上,做出张牙舞爪的样子。我们只是欣赏它,没有招惹它。不知从哪里传来一声长长的鸡啼,随着鸡啼传过来的似乎还有缕缕炊烟味儿。我对妻子感叹说:好久没听见公鸡的叫声了,听来真是亲切。妻子说我是老农民,我愿意承认,自己的确是一个老农民。

我记起小时候一次拾豆子的事。夜里下了雨,第二天一早,母亲就把我和两个姐姐喊起来,让我们到西南地里去拾豆子。天气阴冷,不时还有雨丝飘下来,我们身上直打哆嗦。到地里拾豆子的小孩子恐怕有几十个,我们一来到地里,一看到被雨水淋得膨胀起来的豆子,就把冷忘记了。我那天拾的豆子并不多,该回家吃早饭时,我拾到的豆粒只有半茶缸。而我的两个姐姐提的是竹篮子,她们拾到的豆子都比我多得多。母亲看到了会不会嫌我拾得少呢?我想了一个办法,用我拾到的豆粒,和村里的一个小伙伴交换了一些豆角子。我把占地方的豆角子垫在茶缸底,把豆粒盖在上面,这样一来,从表面看,豆粒几乎是一茶缸,就显得多了。湿豆子需要晾,两个姐姐一回到家,就把拾到的豆子倒在堂屋当门的地上了。尽管我把拾到的豆子跟两个姐姐拾到的豆子倒在了一起,我弄虚作假的事还是被母亲发现了。母亲很生气,认为我做下了一件错事,还是严重的错事。母亲说我从小就这么不诚实,长大了不知怎么哄人呢。

为了让我记住这次教训，母亲不仅严厉地吵了我，还对我作了处罚:不许我吃早饭。这件事给我留下了深刻的印象，几十年过去，只要一看到豆子，或只要一提到豆子，我都会联想起这件事。在地里拾豆子，我又对妻子讲起了这件事。母亲已去世多年，一说到母亲，我眼里顿时泪花花的。

我和妻子心里都清楚，我们踩着湿地在地里拾豆子，并不是因为我们家缺豆子。人家送给我们挺好的豆子，我们拿回家就放下了，老是想不起来吃。我们不在意豆子本身的价值，我们拾起的是记忆，是乐趣，是童心，是一种比豆子富贵得多的精神性的东西。

话虽然这么说，这次我和妻子共同拾回的半塑料袋豆子，我可舍不得随手丢弃。把豆子拿回家，我用清水洗了两遍，当晚熬粥时，就把豆子放到锅里去了。您别说，自己拾回的豆子吃起来就是香。

二〇一一年十一月

母亲和树

二〇〇四年清明节,母亲去世一周年之际,我和弟弟为母亲立了一块碑。碑是弟弟在古城开封定制的。开封有着悠久的勒碑传统,石碑勒制得很是讲究,一见就让我们生出一种庄严感,不由得想在碑前肃立。和石碑同时运回老家的,还有六棵树,四棵柏树,两棵松树。墓地里最适合栽种的树木就是四季常青的松柏。松柏是守卫墓碑的,也是衬托墓碑的,有松柏树立起来,墓碑就不再孤立,就互相构成了墓园的景观。

栽树时,我们兄弟姐妹五人都参加了,有的刨坑,有的封土,有的浇水,把栽树当成了一种仪式,都在用心见证那一时刻。我们对树的成活率没有任何怀疑,因为我们那里的土地非常肥沃,如人们所说,哪怕是在地里埋下一根木棒,都有望长出一棵树来。何况弟弟从开封运回的都是生机勃勃的树苗,每棵树的根部都用蒲包裹着一包原土。我们开始憧憬,若干年后,当松柏的树冠如盖时,松是苍松,柏是翠柏,那将是一派多么让人欣慰的景象。我们还设想,等松柏成了气候,人们远远地就看到了松柏,当是对母亲很好的纪念,绿色的纪念。

在我少年的记忆里,我们村二老太爷家的坟茔就是一个柏树园子。园子里的柏树有几十棵,每一棵岁数都超过了百岁。远看柏树园子黑苍苍的,那非凡的阵势让少小的我们几乎不敢走近。到了春天,飞来不少鹭鸶在柏树上搭窝,孵育小鹭鸶。那洁白的鹭鸶在树顶翻飞,如同一朵朵硕大无朋的白莲在迎风开放,甚是好看!可惜在一九五八年大炼钢铁时,那些柏树被青年突击队员们一夜之间全部伐倒,并送进小铁炉里烧掉了。从那以后,直到我们在母亲墓碑周围栽松柏之前,四十多年间,村里再也无人栽过松柏树。乡亲们除了栽种一些能收获果品的果树,就是栽一些能很快卖钱的速成树。因松柏树生长周期长,短时间内很难得到经济效益,人们就把松柏树放弃了。我们反其道而行之,把松柏树重新栽回到家乡那块土地上,所取不是什么经济效益,看重的是松柏的品质,以及为世人所推崇的精神价值。我们不敢奢望墓园里的松柏能形成柏树园子那么大的规模,也不敢奢望有限的几棵松柏能长成像柏树园子那样呼风唤雨的阵势,只期望六棵松柏树能顺利成长就行了。

让人意想不到的是,栽好松柏树,我回到北京不久,妹妹就给我打电话,说有一棵柏树因靠近别人家的麦地,人家往麦地里打除草剂时,喷雾飘到柏树上,柏树就死了。我一听,心里顿时有些沮丧。我听人说过,除草剂是很厉害的。地里长了草,人们不再像过去一样用锄头锄,只需用除草剂一喷,各种野草便统统死掉。柏树虽然抗得住冰雪严寒,哪里经得起除草剂的伤害!我有什么办法?我对妹妹说:死就死了吧,死掉一棵,不是还有五棵嘛!

更严重的情况还在后头。现在收麦都是使用联合收割机,机器收麦留下的麦茬比较深,机器打碎的麦秸也留在地里。收过麦子,人们要接着种玉米,就放一把火,烧掉麦茬和麦秸。据说火烧得很大,夜间几乎映红了天际。就在我们种下松柏树的当年麦季，烧麦茬和麦秸的火焰席卷而来，波及了松柏，使松柏又被烧死三棵，只剩下一棵柏树和一棵塔松。秋天我回老家看到，那棵幸存的柏树的树干还被收麦的机器碰掉了一块皮，露出白色的木质。小时候我们的手指若受了伤，习惯在伤口处撒点细土止血。我给柏树的伤口处揉了些黄土，祝愿它的伤口能早日愈合，并希望它别再受到伤害。

我母亲生前很喜欢栽树，也很善待树。我家院子里的椿树、桐树等，都是母亲栽的。看见哪里生出一棵树芽，母亲赶紧找一个瓦片把树芽盖起来，以防快嘴的鸡把树芽啄掉。母亲给新栽的桐树绑上一圈刺棵子，以免猪拱羊啃。每年的腊八，我们喝腊八粥的同时，母亲也会让我们给石榴树的枝条上抹点粥。母亲的意思是说，石榴树也有感知能力，人给石榴树吃了粥，它会结更多的石榴。我们在母亲的长眠之处栽了松柏，母亲的在天之灵肯定是喜欢的。母亲日日夜夜都守护着那些树，一会儿都不愿离开。在我的想象里，夜深人静时，母亲会悄悄起身，把每棵树都抚摸一遍，一再赞叹：多好啊，多好啊！母亲跟我们一样，也盼着松柏一天天长大。然而，化学制剂来了，隆隆的机器来了，熊熊的烈火来了，就在母亲旁边，那些树眼睁睁地被毁掉了。母亲着急，母亲心疼，可母亲已经失去了保护树的能力，母亲很无奈啊！

按理说，我和弟弟还有能力保护那些树。只是我们早就离开了家乡，在城里安了家，只在每年的清明节和农历十月初一才回去一两次，不可能天天照看那些树。我想，就算我们天天在老家守着，有些东西来了，我们也挡不住。也就是说，我们只有栽树的能力，却没有保护树的能力。好在六七年过去了，剩下的那棵松树和那棵柏树没有再受到伤害。塔松一年比一年高，已初具塔的形状。柏树似乎长得更快一些，树干有茶杯口那么粗，高度超过了石碑楼子，树冠也比张开的伞面子大得多。有风吹过，柏树只啸了一声，没有动摇。

在母亲去世八周年之际的清明节，弟弟又从开封拉回了四棵树，两棵松树，两棵金边柏。以前栽的树死掉了四棵，如今又拉回四棵，弟弟的意思是把缺失的树补栽一下。说起来，在母亲去世前，我们的祖坟地并没有在我们家的责任田里，母亲名下的一亩二分责任田在另一块地里。母亲逝世时，为了不触及别人家的利益，我们就与人家协商，把母亲名下的责任田交换过来，并托给一个堂哥代种。也就是说，我们在坟地里立碑也好，栽树也好，和村里别的人家的田地没有任何关涉，别人不会提出任何异议。

让人痛心和难以接受的是，二〇一二年麦季烧麦茬和麦秸的大火，不仅把我们新栽的四棵松柏烧死了三棵，竟连那棵已经长成的柏树也烧死了。秋后我回老家给母亲烧纸时到墓园里看过，那棵柏树浑身上下烧得乌黑乌黑，只剩下树干和一些树枝。我给柏树照了一张相，算是为它短暂的生命立了一个存照。

我有一个堂弟在镇里当干部，他随我到墓园里去了。我跟堂弟交代说：这棵被烧死的柏树，你们谁都不要动它，既不要刨掉它，也不要锯掉它，就让它立在那里，能立多久立多久！

二〇一三年二月

瓦非瓦

我们祖上住的房子是楼房，砖座，兽脊，瓦顶。楼前延伸出来的有廊檐，支撑廊檐的是明柱，明柱下面还有下方上圆的础石。在兵荒马乱的年代，这座被称为我们刘楼村标志性的建筑被土匪烧毁了。因为楼房是瓦顶，不是草顶，一开始土匪不知道怎么烧。还是我们村有人给土匪出主意，土匪把明柱周围裹上秫秆箔，箔里再塞满麦秸，才把楼房点着了。据老辈人讲，当楼房被点燃时，在热力和气浪的作用下，楼顶的瓦片所呈现的是飞翔的姿态。它们或斜着飞，或平着飞，或直上直下飞，像一群因受惊而炸窝的鸟。不同的是，鸟一飞就飞远了，而瓦一落在地上就摔碎了。

到了我祖父那一辈，我们家的房子就变成了草房。底座虽说还是青砖，那是烧毁后的楼房剩下的基础。房顶再也盖不起瓦，只能用麦草加以苫盖。没有摔碎的瓦搜集起来还有一些，只够压房脊和两侧的屋山用。越往后来，瓦越成了稀罕之物。我青年时代在生产队干活儿时，曾做过砖坯子，但从来没做过瓦坯子。据说做瓦坯子的工艺比较复杂，须把和好的胶泥贴在一个圆柱体上，使圆柱体旋转，致胶泥薄厚均匀，并成筒状，然后把筒状的东西切割成三等份，三片瓦坯子便做成了。把晾干的瓦坯子一层一层码在土窑里烧，还要经过闷、洇水，最后才成就了青瓦。除了这种片瓦，还有筒子瓦、屋檐滴水瓦、带图案的瓦当等，做起来更难。可以说每一种瓦的制造过程都需要匠心和慧心的结合，都是技术含量和艺术含量颇高的工艺品。

我和弟弟参加工作后，母亲有一个很大的愿望，是把我们家的老房子扒掉，翻盖成瓦房。逢年过节，我们给母亲寄一些钱，母亲舍不得花，都存起来，准备翻盖房子。母亲平日里省吃俭用，把卖粮食和卖鸡蛋的钱也一点一点攒下来，准备买瓦。母亲一共翻盖过两次房子，第一次把我们家的房子盖成了瓦剪边，第二次房顶上才全部盖上了瓦。看到母亲一手操持盖成的瓦房，我嘴里称赞，心里却有些遗憾。因为房顶上盖的瓦不是手工制作的细瓦，而是机器制作的板瓦。细瓦排列起来鳞次栉比，是很美观的。板瓦平铺直叙，一点儿都不好看。

母亲病重期间，由我和弟弟做主，把我们家的房子又翻盖了一次。这次以钢筋水泥奠基，以水泥预制板打顶，盖成了坚固耐久的平房。平房的特点是，一片瓦都不用了。那些淘汰下来的机制瓦被人拉走了，而那些原来用作压房脊和屋山的手工瓦却没人要，一直堆放在我家院子的一棵椿树下面。夏天来了，疯长的野草把那堆瓦覆盖住。冬天来了，野草塌下去，那堆瓦又显现出来。有一年秋天，我回老家看到了那堆被遗弃的瓦。那些瓦表面生了一层绿苔，始终保持着沉默。看着看着，我突然发现，那些饱经风霜、阅尽沧桑的瓦像是在诉说着什么。它们可能在诉说它们的经历和遭遇。不错，那些瓦的来历已经有些久远。以前，我只认为我们家的一张雕花大床、几把硬木椅子和一张三屉桌，是祖上传下来的、值得珍视的老物件，从来没把泥巴做的瓦放在眼里。现在看来,瓦在我们家的历史更长一些。瓦是一条线索,也是一种记忆。通过瓦这条线索,可以串起我们家族的历史。通过瓦的记忆,可以让我们回想起家族的变迁。那些瓦起码是我们家的文物。从现在起,我不能不对瓦心怀敬畏。

二〇一一年三月

辑二

王安忆写作的秘诀

至少在两个笔记本的第一页,我都工工整整抄下了王安忆的同一段话,作为对自己写作生活的鞭策和激励。这段话并不长,却有着丰富的内容,且坦诚得让人心悦诚服。我看过王安忆许多创作谈,单单把这段话挑了出来。如果一个作家的写作真有什么秘诀的话,我愿把这段话视为王安忆写作的秘诀。王安忆是这么说的:"写小说就是这样,一桩东西存在不存在,似乎就取决于是不是能够坐下来,拿起笔,在空白的笔记本上写下一行一行字,然后第二天,第三天,再接着上一日所写的,继续一行一行写下去,日以继日。要是有一点动摇和犹疑,一切将不复存在。现在,我终于坚持到底,使它从玄虚中显现,肯定,它存在了。"这段话是王安忆的长篇小说《遍地枭雄》后记中的一段话,我以为这也是她对自己所有写作生活的一种概括性自我描述。通过她的描述,我们知道了她是怎样抓住时间的,看到了她意志的力量,坚忍不拔的持续性,对想象和创造坚定的自信,以及使创造物实现从无到有的整个过程。她的描述形象生动。在她的描述里,我仿佛看到了她伏案写作的身影。为了不打扰她的写作,我们最好不要从正面观察她。只看她的侧影和背影,我们就可以猜出她可能坐了一上午,知道了她的写作是多么有耐心,是多么专注。看到王安忆的描述,我不由想起自己在老家农村锄地和在煤矿井下开掘巷道的情景。每锄一块地,当望着长满禾苗和野草的大面积的土地时,我都有些发愁,锄板长不盈尺,土地一望无际,什么时候才能把一块地锄完呢?没办法,我们只能顶着烈日,挥洒着汗水,一锄挨一锄往前锄。锄了一天又一天,我们终于把一大块地锄完了。在地层深处开掘巷道也是如此。煤矿的术语是把掘进的进度说成进尺,按图纸上的设计,一条巷道长达数百米,甚至逾千米,而我们每天所能完成的进尺不过两三米。其间还有可能面临水、火、瓦斯、地压和冒顶的威胁，不知要战胜多少艰难险阻。就这样，我们硬是在无路可走的地方开掘出一条条通道，在几百米深的地下建起一座座巷道纵横的不夜城。之所以联想起锄地和打巷道，我是觉得王安忆的写作和我们干活儿有类似的地方，都是一种劳动。只不过，王安忆进行的是脑力劳动，我们则是体力劳动。哪一种劳动都不是玩儿的，做起来都不轻松。还有，哪一种劳动都带有不同程度的强制性。我们的强制来自外部，是别人强制我们。王安忆的强制来自内部，是自觉的自己强制自己。我把王安忆的这段话说成是她写作的秘诀，后来我在她和张新颖的谈话中得到证实。王安忆说："我写作的秘诀只有一个，就是勤奋的劳动。"她所说的秘诀并不是我所抄录的一段话，但我固执地认为它们的意思是一样的，不过前者是详细版，后者是简化版而已。很多作家否认自己有什么写作的秘诀，好像一提秘诀就有些可笑似的。王安忆不但承认自己有写作秘诀，还把秘诀公开说了出来。在她看来，这没什么好保密的，谁愿意要，只管拿去就是了。的确，这样的秘诀够人实践一辈子的。

二〇〇六年年底,中国作家协会召开第七次作代会期间,我和王安忆住在同一个饭店,她住楼下,我住楼上。我到她住的房间找她说话,告辞时,她问我晚上回家不回,要是回家的话,给她捎点稿纸来。她说现在很多人都不用手写东西了,找点稿纸挺难的。我说会上人来人往的这么乱,你难道还要写东西吗?她说给报纸写一点短稿。又说晚上没什么事,电视又没什么可看的,不写点东西干什么呢!我说正好我带来的有稿纸。我当即跑到楼上,把一本稿纸拿下来,分给她一多半。一本稿纸是一百页,一页有三百个方格,我分给她六七十页,足够她在会议期间写东西了。有人说写作所需要的条件最简单,有笔有纸就行了。笔和纸当然需要,但一个最重要的条件往往被人们忽略了,这个条件就是时间。据说任何商品的价值都是时间的价值,价值量的大小取决于生产这一商品所需的社会必要的劳动时间的多少。时间是写作生活的最大依赖,写作的过程就是时间不断积累的过程,时间的成本是每一个写作者不得不投入的最昂贵的成本。每个人的生命在某种意义上说就是一个活的容器,这个容器里盛的不是别的东西,就是一定的时间量。一个人如果任凭时间跑冒滴漏，不能有效地抓住时间，就等于抓不住自己的生命，将一事无成。王安忆深知时间的宝贵，她就是这样抓住时间的。安忆既有抓住时间的自觉性，又有抓住时间的能力。和安忆相比，我就不行。我带了稿纸到会上，也准备写点东西，结果只是做做样子，在会议期间，我一个字都没写。一下子从全国各地来了那么多作家朋友，我又要和人聊天，又要喝酒，喝了酒还要打牌，一打打到凌晨两三点，哪里还有什么时间和精力写东西！我挡不住外部生活的诱惑，还缺乏必要的定力。而王安忆认为写作是诉诸内心的，她不喜欢和人打交道，她看待内心的生活胜于外部的生活。王安忆几乎每天都在写作，一天都不停止。她写了长的写短的，写了小说写散文、杂文随笔。她不让自己的手空下来，把每天写东西当成一种训练，不写，她会觉得手硬。她在家里写，在会议期间写，更让我感到惊奇的是，她说她在乘坐飞机时照样写东西。对一般旅客来说，在飞机上那么一个悬空的地方，那么一个狭小的空间，能看看报看看书就算不错了，可王安忆在天上飞时竟然也能写东西，足见她对时间的缰绳抓得有多么紧,足见她对写作有多么的痴迷。

有人把作家的创作看得很神秘,王安忆说不,她说作家也是普通人,作家的创作没什么神秘的,就是劳动,日复一日的劳动,大量的劳动,和工人做工、农民种田是一样的道理。她认为不必过多地强调才能、灵感和别的什么,那些都是前提,即使具备了那些前提,也不一定能成为好的作家,要成为一个好的作家,必须付出大量艰苦的劳动。在我看来,安忆铺展在面前的稿纸就是一块土地,她手中的笔就是劳动的工具,每一个字都是一棵秧苗,她弯着腰,低着头,一棵接一棵把秧苗安插下去。待插到地边,她才直起腰来,整理一下头发。望着大片的秧苗,她才面露微笑说:嗬,插了这么多! 或者说每一个汉字都是一粒种子,她把挑选出来的合适的种子一粒接一粒种到土里去,从春种到夏,从夏种到秋。种子发芽了,开花了,结果了。回过头一看,她不禁有些惊喜。惊喜之余,她有时也有些怀疑,这么多果实都是她种出来的吗? 当仔细检阅之后,证实确实是她的劳动成果,于是她开始收获。安忆不知疲倦地注视着那些汉字,久而久之,那些汉字似乎也注视着她,与她相熟相知,并形

104

成了交流。好比一个人长久地注视着一块石头，那块石头好像也会注视她。仅有劳动还不够，王安忆对劳动的态度也十分在意。她说有些作家，虽然也在劳动，但劳动的态度不太端正，不是好好地劳动。她举例说，有些偷懒的作家，将生活中的东西直接搬入作品，给人的感觉是连筛子都没筛过。如同一个诚实的农民在锄地时不能容忍有"猫盖屎"的行为，王安忆不能容忍马马虎虎，投机取巧，偷工减料，得过且过。她是勤勤恳恳，老老实实，一丝不苟。如果写了一个不太好的句子，她会很懊恼，一定要把句子理顺了，写好了，才罢休。

王安忆自称是一个文学劳动者，同时，她又说她是一个写作的匠人，她的劳动是匠人式的劳动。因为对作品的评论有雕琢和匠气的说法，作家们一般不愿承认自己是一个匠人，但王安忆勇于承认。她认为艺术家都是工匠，都是做活。千万不要觉得工匠有贬低的意思。类似的说法我听刘恒也说到过。刘恒说得更具体，他说他像一个木匠一样，他的写作也像木匠在干活儿。从劳动到匠人的劳动，这就使问题进了一步，值得我们深入探究。在我们老家，种地的人不能称之为匠人，只有木匠、石匠、铜匠、画匠等有手艺的才有资格称匠。一旦称匠，我们那里的人就把匠人称为"老师儿"。"老师儿"都是"一招鲜，吃遍天"的人，他们的劳动是技术性的劳动。让一个只会种地的农民在板箱上作画，他无论如何都画不成景。请来一个画匠呢，他可以把喜鹊闹梅画得栩栩如生。王安忆也掌握了一门技术，她的技术是写作的技术，她的劳动同样是技术性的劳动。从技术层面上讲，王安忆的劳动和所有匠人的劳动是对应的。这是第一点。第二点，一个石匠要把一块石头变成一盘磨，不可能靠突击，不可能在短时间内完工。他要一手持锤，一手持凿子，一凿子接一凿子往石头上凿。凿得有些累了，他停下来吸支烟，或喝口水，再接着凿。他凿出来的节奏是匀速，叮叮当当，像音乐一样动听。我读王安忆的小说就是这样的感觉，她的叙述如同引领我们往一座风景秀美的山峰攀登，不急不慢，不慌不忙，不跳跃，不疲倦，不气喘，扎扎实实，一步一步往上攀。我们偶尔会停一下，绝不是不想攀了，而是舍不得眼前的秀美风光，要把风光仔细领略一下。随着各种不同的景观不断展开，我们攀登的兴趣越来越高。当我们登上一个台阶又一个台阶,终于登上她所建造的诗一样的小说山峰,我们得到了极大的精神满足。第三点,匠人的劳动是有构思的劳动,在动手之前就有了规划。比如一个木匠要把一块木头做成一架纺车,他看木头就不再是木头,而是看成了纺车,哪儿适合做翅子,哪儿适合做车轴,哪儿适合做摇把,他心中已经有了安排。他的一斧子一锯,都是奔心中的纺车而去。王安忆写每篇小说,事先也有规划。除了小说的结构,甚至连一篇小说要写多长,大致写多少个字,她几乎都心中有数。第四点,匠人的劳动是缜密的、讲究逻辑的劳动,也是理性的劳动。一把椅子或一个箱子的约定俗成,对一个木匠来说有一定的规定性,他不能胡乱来,不可违背逻辑,更不可能把椅子做成箱子,或把箱子做成椅子。在王安忆对我的一篇小说的分析里,我第一次看到了逻辑的动力的说法,第一次听说写小说还要讲究逻辑。此后,我又多次在她的文章里看到她对逻辑重要性的强调。在和张新颖的谈话里,她肯定地说:"生活的逻辑是很强大严密的,你必须掌握了逻辑才可能表现生活的演进。逻辑是很重要的,做起来很辛苦,做起来真的很辛苦。为什么要这样写,而不是那样写？事情为什么这样发生,而不是那样发生？你要不断问自己为什么,这是很严格的事情,这就是小说的想象力,它必须遵守生活的规律,按着规律推进,推到多远就看你的想象力的能量。"

以上四点,我试图用王安忆的劳动和作品阐释一下她的观点。其实这些都不重要。重要的问题在于,工匠的劳动是不是保守的、机械的、死板的、墨守成规的？会不会影响感性的鲜活、情感的参与、灵感的爆发、无意识的发挥？一句话,工匠式的劳动是不是会拒绝神来之笔？我的看法是,一切创造都是从劳动中得来的,不劳动什么都没有。换句话说,写就是一切,只有在写的过程中,我们才会激活记忆,调动感情,启发灵感。只有在有意识的追求中,无意识的东西才会乘风而来。所谓神来之笔,都是艰苦劳动的结果,积之在平日,得之在俄顷。工匠式的劳动无非是把劳动提高了一个等级,它强调了劳动的技术性、操作性、审美性、严肃性、专业性和持恒性。这种劳动方式不但不保守、不机械、不死板、不墨守成规,恰恰是为了打破这些东西。王安忆的大量情感饱满、飞扬灵动的作品,证明着我的看法不是瞎说。

但有些事情我不能明白,安忆她凭什么那么能吃苦?如果说我能吃点苦,这比较容易理解。我生在贫苦家庭,从小缺吃少穿,三年困难时期饿成了大头细脖子。长大成人后又种过地,打过石头,挖过煤,经历了很多艰难困苦。我打下了受苦的底子,写作之苦对我来说不算什么苦。如果我为写作的事叫苦,知道我底细的人一定会骂我烧包。而安忆生在城市,长在城市,父母都是国家干部,家里连保姆都有。应该说安忆从小的生活是优裕的,她至少不愁吃,不愁穿,还有书看。就算她到安徽农村插过一段时间队,她母亲给她带的还有钱,那也算不上吃苦吧。可安忆后来表现出来的吃苦精神不能不让我佩服。一九九三年春天,她要到北京写作,让我帮她租一间房子。那房子不算旧,居住所需的东西却缺东少西。没有椅子,我从我的办公室给她搬去一把椅子。窗子上没有窗帘,我把办公室的窗帘取下来,给她的窗子挂上。房间里有一只暖瓶,却没有瓶塞。我和她去商店问了好几个营业员,都没有买到瓶塞。她只好另买了一只暖瓶。我和妻子给她送去了锅碗瓢盆勺,还有大米和香油,她自己买了一些方便面,她的写作生活就开始了。屋里没有电视机,写作之余,她只能看看书,或到街上买一张隔天的《新民晚报》看看。屋里没有电话,那时移动电话尚未普及,她几乎中断了与外界的联系。安忆在北京有不少作家朋友,为了减少聚会,专心写作,她没有主动和朋友联系。她像是在"自讨苦吃",或者说有意考验一下自己吃苦的能力。她说她就是想尝试一下独处的写作方式,看看这种写作方式的效果如何。她写啊写啊,有时连饭都忘了吃。中午,我偶尔给她送去盒饭,她很快就把饭吃完了,吃完饭再接着写。她过的是饥一顿饱一顿的日子,我觉得她有些对不住自己。就这样,从四月中旬到六月初,在不到两个月的时间里,她写完了两部中篇小说。她之所以如此能吃苦,我还是从她的文章里找到了答案。安忆对自己的评价是一个喜欢写作的人。有评论家把她与别的作家比,她说她没有什么,她就是比别人对写作更喜欢一些。有人不是真正喜欢,也有人一开始喜欢,后来不喜欢了,而她,始终如一地喜欢。她说:"我感到我喜欢写,别的我就没觉得和他们有什么不同,就这点不同:写作是一种乐趣,我是从小就觉得写作是种乐趣,没有改变。"是不是可以这样说,写作是安忆的主要生活方式,她对写作的热爱和热情,是她的主要感情,同时,写作也是她获得幸福和快乐的主要源泉。安忆得到的快乐是想象和创造的快乐。一个世界本来不存在,经过她的想象和创造,平地起楼似的,就存在了,而且又是那么具体,那么真实,那么美好,由此她得到莫大的快乐和享受。与得到的快乐和享受相比,她受点儿苦就不算什么了。相反,受点儿苦仿佛增加了快乐的分量,使快乐有了更多的附加值。

　　每个人有每个人的创作习惯,安忆的习惯对她的写作并没有什么决定性的意义,我就不多说了。我只知道,她习惯在一个大的笔记本上密密麻麻地写作,在笔记本上写完了,再用方格纸抄下来,一边抄,一边润色。抄下来的稿子其实是她的第二稿。她写作不怎么熬夜,一般都是在上午写作。她觉得上午是她精力最充沛的时候,也是她才思最敏捷的时候。在整个上午,她又觉得从十一点到十二点左右这个时间段创作状态最好。她还有一个习惯,可能是她特有的,也极少为人所知。她写作时,习惯在旁边放一块小黑板,用粉笔在黑板上写下一些句子。在北京创作中篇小说《香港的情与爱》

期间,我见她写下的其中一句话是"香港是个大邂逅",这句话在黑板上保留了相当长一段时间,我不知用意何在。小黑板很难找,我问她为什么非要一个小黑板呢?她说没什么,每写一篇小说,她习惯在黑板上写几句提示性的话。习惯是不可以改变的,我只好想方设法尊重她的习惯。

王安忆这样热爱写作,那么我们假设一下,她不写会怎样?或者说不让她写了会怎样?一九九七年夏天,我和王安忆、刘恒我们三家一块儿去了一趟五台山,后来我一直想约他们两个到河南看看。王安忆没去过中岳嵩山的少林寺,也没看过洛阳的龙门石窟,她很想去看看。二〇〇八年九月中旬,我终于跟河南有关方面说好了,由他们负责接待我们。我给王安忆打电话时,她没在家,是她的先生李章接的电话。我说了请他们一块儿去河南,李章说:"安忆刚从外地回来,她该写东西了。"李章又说:"安忆跟你一样,不写东西不行。"我?我不写东西不行吗?我可比不上王安忆,我玩心大,人家一叫我外出采风,那个地方我又没去过,我就跟人家走了。我对李章说,我跟刘恒已经约好了,让李章好好

112

跟安忆说说,还是一块儿去吧。我说我对安忆有承诺,如果她去不成河南,我的承诺就不能实现。李章说,等安忆一回来,他就跟她。第二天我给安忆打电话,她到底还是放弃了河南之行。安忆是有主意的人,她一旦打定了主意,任何劝说都是无用的。为了写作,王安忆放弃了很多活动。不但在众多采风活动中看不到她的身影,就连她得了一些文学奖,她都不去参加颁奖会。二〇〇一年十二月,王安忆刚当选上海市作家协会主席时,她一时有些惶恐,甚至觉得当作协主席是一步险棋。她担心这一职务会占用她的时间、分散她的精力、影响她的写作。她确实看到了,一些同辈的作家当上这主席那主席后,作品数量大大减少,她认为这是一个教训。在发表就职演说时,她说她还要坚持写作,因为写作是她的第一生活,也是她比较能胜任的工作,假若没有写作,她这个人便没什么值得一提的了。当上作协主席的第一年,她把时间抓得特别紧,写东西也比往年多,几乎有些拼命的意思。当成果证明当主席并没有耽误写作时,她似乎才松了一口气。我估计,王安忆每天给自己规定的有一定的写作任务,完成了任务,她就心情愉悦,看天天高,看云云淡,吃饭饭香,睡觉觉美。就觉得自己对得起自己,自己对自己有了交代,看电视就能够定下心来,看得进去。要是完不成任务呢,她会觉得很难受,诸事无心,自己就跟自己过不去。作为一个承担着一定社会义务的作家,王安忆有时难免会遇到这样的情况,她本打算坐下来写作,却被别的事情干扰了,这时她的心情会很糟糕,好像整个人生都虚度了一样。人说发展是硬道理,对王安忆来说,写作才是硬道理,不写作就没有道理。在我所看到的有限的对古今中外作家的介绍里,就对写作的热爱程度而言,王安忆有点像托尔斯泰。托尔斯泰把写作看成正常的状态,不写作就是非正常状态,就是平庸的状态。托尔斯泰在一则日记里提到,因为生病,他一星期没能写作。他骂自己无聊、懒惰,说一个精神高贵的人不容许自己这么长时间处于平庸状态。和我们中国的作家相比,就思想劳作的勤奋和强度而言,王安忆有点像鲁迅。鲁迅先生长期在上海写作,王安忆在上海写作的时间比鲁迅还要长,而且王安忆的写作还将继续下去。王安忆跟我说过,中国的作家,鲁迅的作品是最好的,她最爱读鲁迅。王安忆继承了鲁迅的刻苦、耐劳,也继承了鲁迅的思想精神。王安忆通过自己的思想劳作,不断发出与众不同的清醒的声音。写作是王安忆的第一需要,也是她生命的根基,如果不让她写作,那是不可想象的,所以我们还是不要做这样的假设为好。

写作是王安忆的精神运动,也是身体运动;是心理需要,也是生理需要。她说写作对人的身体有好处,经常写作就身体健康,血流通畅,神清气爽,连气色都好了。她说你看,经常写作的人很少患老年痴呆症的,而且多数比较长寿。否则的话,就心情焦躁,精神委顿,对身体不利。我不止一次听她说过,写作这个东西对体力也有要求,体力不好写作很难持久。她以苏童和迟子建为例,说他们之所以写得多,写得好,其中一个原因是他们的身体比较壮实,好像食量也比较大,精力旺盛,元气充沛。我很赞同安忆的说法,并且与她有着相同的体会。我想不论是精神运动,还是身体运动,其实都是血液的运动。写作时大脑需要氧气,而源源不断供给大脑氧气的就是血液。大脑需要的氧气多,运载氧气的血液就得多拉快跑,保证供应。血流加快了,等于促进了人体内的血液循环,对人的健康当然有好处。拿我自己来说,如果一时找不到好的写作入口,一时进入不到写作的状态,我就头昏脑涨,光想睡觉。一旦找到写作的题目,并进入了写作的状态,我的精神头就提起来了,心情马上就好了,看什么都觉得可爱。我跟我妻子说笑话:"刘庆邦真是个苦命的人哪!"我妻子说:"你要是觉得苦,你就别写了。"我说:"那可不行!"

朋友们可能注意到了,我翻来覆去说的都是安忆的写作,没有涉及她的作品,没有具体评论她的任何一篇小说。我的理论水平比较低,没有评论她作品的能力,这点儿自知之明我还是有的。一个高人评论一个低人的小说,一不小心就把低人的小说评高了。而一个低人评论一个高人的小说呢,哪怕费尽九牛二虎之力,所评仍然达不到高人的小说水平应有的高度。王安忆的小说都是心灵化的,她的小说故事都发生在心理的时间内,似乎已经脱离了尘世的时间。她在心灵深处走得又那么远,很少有人能跟得上她的步伐。别说是我了,连一些评论家都很少评论她的小说。在文坛,大家公认王安忆的小说越写越好,王安忆现在是真正的孤独,真正的曲高和寡。有一次朋友们聚会喝酒,莫言、刘震云、王朔纷纷跟王安忆开玩笑。王朔说:"安忆,我们就不明白,你的小说为什么一直写得那么好呢?你把大家甩得太远了,连个比翼齐飞的都没有,你不觉得孤单吗!"王安忆有些不好意思,她说不不不。不知怎么又说到冰心,说冰心在文坛有不少干儿子。震云对王安忆说:"安忆,等你成了安忆老人的时候,你的干儿子比冰心还要多。"我看王安忆更不好意思了,她笑着说:"你们不要乱说,不要跟我开玩笑。"

写王安忆需要勇气。贾梦玮(《钟山》主编)约我写王安忆,我说王安忆不好写,你别着急,容我好好想想。梦玮是春天向我约的稿,直到秋天我才写出来。我一直对王安忆满怀敬意,我写得小心翼翼,希望每一句话都不至失礼。一九九三年,林建法也约我写过王安忆,我对王安忆说,我怕我写不好。王安忆说:"没事的,你写好了。"又说:"每个人写别人,其实就是写自己。"我想了想,才理解了安忆的话意。一个人对别人理解多少,就只能写多少,不可能超出自己的理解水平。如果有些地方写得还可以,说明我对安忆理解了。如果写得不好,说明我理解得还不够,接着理解就是了。

二〇〇九年九月

高贵的灵魂

　　二〇〇九年四月十一日下午四五点时,徐小斌给我打电话,说林老又住院了,在同仁医院,约我一块儿去看林老。我们约定的时间是,第二天下午两点半在同仁医院门口见面。过了一会儿,小斌又打来电话,说林老已经走了,刚走,布谷正在给林老穿衣服。

　　我们晚了一步,我们再也不能和林老说话了。

　　我马上打电话把不好的消息告诉刘恒。刘恒说,他和李青去医院看过林老,林老当时还坐在病床上跟他说话。林老头脑清楚,还跟他说笑话,说他头发少了,作品多了。

　　然而我们晚了一步,我们再也听不到林老的声音

119

了。我们早一天去看望林老就好了。

　　清明节前夕，我和妻子回老家为母亲扫墓。回头路过开封和朋友们聚会时，我看见一种造型别致的陶制酒瓶，马上想到了林老。我说：这个酒瓶我要带回北京，送给林斤澜。林斤澜喜欢收藏酒瓶。妻子把易碎的酒瓶用软衣服包紧，完好地带回了北京。小斌约我去看林老，我打算一见林老就把酒瓶亮出来，让林老高兴高兴。林老爱酒，连带着对酒瓶也喜爱。林老不能喝酒了，还有什么比送给林老新奇的酒瓶更让林老高兴的呢！

　　说来说去，我还是晚了一步。就算我这会儿把酒瓶给林老送去，林老再也看不见了。我早点干什么去了呢？真是的！

　　我不记得给林老送去多少个酒瓶了。二〇〇八年八月底，我从内蒙古回京，给林老捎回一个外面缝有羊皮的酒瓶，酒瓶里还装着满满一瓶马奶酒。八月三十日下午，我去给林老送酒瓶时，约了章德宁和徐小斌一块儿去看林老。林老对带有游牧民族特色的酒瓶很欣赏，当时就把酒瓶摆放在专门展览酒瓶的多宝槅上。我们知道林老刚从医院出来，就问他是不是又住院了。他说:"没有,谁说我住院了!"见林老不愿承认他住医院的事,我们就不再提这个话题。我问他还写东西吗?他说想写,写不成了。精力集中不起来了,刚集中一点,很快就散了。他说他现在只能看点书,看的是关于他家乡的书。不然的话,到死都不知道老家是怎么回事。我们请林老到附近的饭馆小坐。我们没敢要白酒,只让林老喝了点啤酒。喝了啤酒,林老一点儿都不兴奋,像是有些走神儿。小斌说:林老,您怎么不说话呀?林老笑了笑,说出的话让我们吃惊不小。林老说:我要向这个世界告别了! 天飘着雨丝,我们三个送林老回去。他有些气喘,脚下不是很稳。看着林老的背影消失在楼道里,让人很不放心。

我认识林老有二十多年了,他是先看到我的小说,后看到我的。一九八五年九月,我在《北京文学》发了一篇短篇小说《走窑汉》。林老看到后,认为不错,就推荐给汪曾祺看。汪老看了一遍,似乎没看出什么好来。林老对汪老说:你再看。汪老又看了一遍,说:是不错。随后,林老把我介绍给汪老,说:这就是刘庆邦。汪老看着我,好像一时想不起刘庆邦是谁。林老说:《走窑

121

汉》。汪老说:你说《走窑汉》,我知道。汪老对我说:你就按《走窑汉》的路子走,我看挺好。

一九八六年三月二十六日上午,当上《北京文学》主编的林老,把我约到编辑部,具体指导我修改短篇小说《玉字》。他认为那篇小说过程写得太多,力量平摊了。有的过程带过去就完了,别站下来。到该站的地方再站。他给我举例,说比如去颐和园玩,只站了两三个地方就把整个颐和园都看了,不能让人家每个地方都站。他跟我谈得最多的是小说的结尾部分。说那里不充分,分量不够,"动刀子动不起来",还需要设计新的场面,设置较大的动作,增加生色的细节。他给我讲《红楼梦》里的尤三姐与贾珍、贾琏喝酒时那一场细节,哈,那是何等精彩! 他说他曾和汪曾祺一起向沈从文请教写小说的事,沈从文一再说,贴着人物写。他要求我也要贴着人物写。林老差不多跟我谈了一上午,最后他明确地对我说:你要接二连三地给我们写稿子,我们接二连三地给你发,双方配合好,合作好。我听林老的话,果然接二连三地给《北京文学》写起小说来。这么多年来,我在《北京文学》发了五部中篇小说和二十六篇短篇小说。

后来林老不当主编了,仍继续关注着我的创作。一九九七年一月,我在《北京文学》发了短篇小说《鞋》,林老逐段逐句写了点评,随后发在《北京文学》上。二〇〇一年七月,章德宁约我给《北京文学》写了两个短篇小说,后面配发的短评就是林老写的。短评的题目是《吹响自己的唢呐》。在那篇短评里,林老说"庆邦现在是珍稀动物",还说我是"来自平民,出自平常,贵在平实,可谓三平有幸"。

在创作道路上,得到林老的器重和提携,是我的福分。能在创作上走到这一步,林老对我是有恩的。

在二〇〇七年五月十五日我的作品研讨会上,林老甚至说:我羡慕庆邦,他的读者那么多。我的读者不多,我的小说好多人说看不懂。林老这么说,我理解是抬举我。我的小说哪敢与林老的小说相提并论呢!如果说我的小说读者稍多一些,只能说明我的小说通俗一些,浅显一些。而林老的小说属于高端产品,读得懂的人当然会少一些。别说粗浅如我辈,就连学问很大的汪曾祺先生读完林老的"矮凳桥"系列小说后,也说:"我觉得不大看得明白,也没有读出好来。""我下决心,推开别的事,集中精力读斥澜的小说。""读到第四天,我好像有点明白了。而且也读出好来了。"汪老说过:"写小说,就是写语言。"汪老对小说语言已经够讲究了,可在我看来,与汪老相比,林老的语言更为讲究。或者说,林老的语言不只是讲究,简直是深究。在林老眼里,每一个汉字都是一口井,他朝井底深掘,要掘出水来。在林老眼里,每一个汉字都是一棵树,他浇树浇根,不仅要让树长出叶来,还要让树开出花来,结出果来。林老跟我讲过他和汪老的"一字之争"。汪老在一篇文章里写过"开会就是吃饭"。林老建议,应该改成"开会就是会餐"。他觉得有意味的是那个"会"字。汪老不愿意改,他对林老说:"要是改了,就是你的语言了。"汪老对林老关于小说语言的评价是:"林斥澜把小说语言的作用提到很多人所未意识到的高度。"

更让人敬重的是林老的文学立场和创作态度。林老辞世当天,有记者采访我,让我谈谈对林老的看法。我说林老有着独立的人格、不屈的精神、高贵的灵魂。林老的作品庄严,炼美,而有力量。林老跟我们说过,作为一个作家,一生一定要有一个下限,这个下限就是独立思考。一没了下限,就没了自己。林老还说,在现实生活中你要和现实对抗,绝对对抗不过,对抗的结果只能是失败。但在创作中,我们可以和现实保持一种紧张的关系,可以不认同现实。林老的这些观点,在他的作品中最能体现出来。把林老的小说读多了,我仿佛看到一位饱经风霜的老人,朝已经很远的来路回望着,嘴里像是说着什么。他表情平静,声音也不大,一开始听不清他说的是什么。我仔细听了听,原来他说的是不,不!我又仿佛看到一棵树,一棵松树或一棵柏树,风来了,雨来了,树就那么站着,以坚忍不拔的意志和持久的耐力,在默默扩大着自己的年轮。霜来了,冰来了,树仍没有挪地方,还在那里站着。树阅尽了人间风景,也把自己站成了独特的风景。

林老的幽默也让人难忘。林老还在西便门住时,有一次我和刘恒一块儿去看林老。林老家的墙上挂着一幅用麻编织的猫头鹰,上面落有一些灰。刘恒指着猫头鹰说:"这只猫头鹰……"刘恒的话还没说完,林老就说:"猫头鹰都长毛了。"那年我们一块儿去云南,赵大年老师花五十块钱买了四只"康熙碗"。赵老师把碗摆在一起,用一块手绢兜上,拿到林老面前显摆。林老只是笑了笑,并未指出他买的碗是假货。过了一会儿,林老在去东巴的路上看见一摊新鲜的牛粪,用手一指说:"快看,康熙年间的!"没错儿,牛粪肯定在康熙年间就有了。联想到赵老师的一摞沉甸甸的"康熙碗",我们都禁不住乐了。还有一次,我们和林老一块儿去越南游览,在河内的一个湖边休息时,几个越南小子凑过来,要给我们擦皮鞋。他们纠缠林老时,林老一言不发,只用眼睛盯着他们,把他们盯退了。而我没挡住纠缠,答应让其中一个小孩擦鞋。说好的擦一双皮鞋两块钱,那小子把我的皮鞋拿到手后,改口要二十块钱。我说不擦了,那小子拿着我的皮鞋就跑。没办法,我只好掏出二十块钱,把皮鞋换回来。后来,林老在北京看见我,说哟嗬,庆邦的皮鞋够亮的。我知道林老是拿我让越南小子擦皮鞋的事跟我开玩笑,我说那是的,咱的皮鞋是外国人给擦的。

　　林老的女儿林布谷说,林老最后是笑着走的,临终前对她微笑了五六次。我想,林老的笑是有意识的,也是无意识的。这是由他的内在品格决定的,他已经修炼到了这种境界。在内在的品格里,最能给人带来快乐的莫过于愉悦健全的精神和高贵的灵魂。这种美好的品格可以弥补因其他一切幸福的丧失所生的缺憾。林老笑到了最后。

二〇〇九年四月

追求完美的刘恒

　　二〇〇九年,刘恒被评为全国第四届专业技术杰出人才。中国的作家有很多,可据我所知,获得这种荣誉称号的,刘恒是作家中的第一位。北京市人才荟萃,而在这一届全国杰出人才评选中,刘恒是北京市唯一的一位当选者。《人民日报》在简要介绍刘恒的事迹时,有这么两句话:"刘恒长期保持了既扎实又丰产的创作态势,是中国当代作家中一位不可多得的、德才兼备的领军人物。"

　　我和刘恒是三十多年的朋友,自以为对他还算比较了解。既了解他的作品,也了解他的人品。我俩相识于上个世纪八十年代初期。一开始,他是《北京文学》的编辑,我是他的作者。经他的手,给我发了好几篇小说。被林斤澜说成"走上知名站台"的短篇小说《走窑汉》,就是刘恒为我编发的。后来我们越走越近,竟然从不同方向走到了一起,都成了北京作家协会的驻会专业作家。如此一来,我们交往的机会就更多一些。刘恒写了小说写电影,写了电影写电视剧,写了电视剧又写话剧和歌剧,每样创作一出手,都取得了非凡的成绩。刘恒天才般的文才有目共睹。当由刘恒编剧的电影《集结号》红遍大江南北,我们在酒桌上向他表示祝贺时,刘恒乐了,跟我们说笑话:"别忘了我们老刘家的刘字是怎么写的,刘就是文刀呀!"我把笑话接下去,说没错儿,刘恒也是"文帝"啊!

我暂时按下刘恒的文才不表,倒想先说说他的口才。作家靠的是用笔说话,他的口才有什么值得说的呢?不不,正因为作家习惯了用笔说话,习惯了自己跟自己对话,口头表达能力像是有所退化,一些作家的口才实在不敢让人恭维。在这种情况下,刘恒充满魅力的口才方显得格外难能可贵。他不是故意出语惊人,但他每次讲话都能收到惊人的效果。我自己口才不好,未曾开口头先大,反正我对刘恒游刃有余的口才是由衷地佩服。二〇〇三年九月,刘恒当选北京作家协会的主席后,在作代会的闭幕式上讲了一番话,算是就职演说的意思吧。刘恒那次讲话,把好多人都听傻了。须知作家都是自视颇高的人,一般来说不爱听别人讲话。可是我注意到,刘恒的那番话确实把大家给震了,震得大家的耳朵仿佛都支棱起来。会后有好几个人对我说,刘恒太会讲话了,刘恒不鸣则已,一鸣惊人啊!他们说,以前光知道刘恒写文章厉害,没想到这哥儿们讲起话来也这么厉害。此后不几天,市委原来管文化宣传工作的一位副书记跟作协主席团的成员座谈。副书记拿出一个纸皮的笔记本,在那里翻。我们以为副书记要给我们作指示,便做出洗耳恭听的样子。副书记一字一句开念,我们一听就乐了,原来副书记念的正是刘恒在闭幕式上讲的那番话。副书记说,刘恒已经讲得很好,很到位,我不必多说什么了,把刘恒的话重复一遍就行了。散会后我们对刘恒说:你看,人家领导都把你的语录抄在笔记本上了。要是换了别人,真不知道该怎样回答。你听听刘恒是怎么说的,刘恒笑着说:"没关系,版权还属于我。"

北京作家协会的七八个专业作家和二十来个签约作家,每年年底都要聚到一起,开一个总结会,报报当年的收成,谈谈来年的打算,并互相交流一下创作体会。因为这个总结会坦诚相见,无拘无束,简朴有效,不同于一般意义上的总结会,作家们对这个总结会都很期待。我甚至听说,一些年轻作家之所以向往与北京作协签约,很大程度上是因为口口相传的年终总结会对他们具有吸引力。这个总结会之所以有吸引力,窃以为,一个主要原因,是刘恒每年都参加总结会,而且每次都有精彩发言。在我的印象里,刘恒发言从来不写稿子。别人发言时,他拉过一张纸,断断续续在纸上写一点字,那些字就是他准备发言的提纲,或者说是几条提示性的符号。轮到他发言了,他并不看提纲,也不怎么看别人,他的目光仿佛是内视的,只看着自己的内心。在这种总结会上,刘恒从不以作协主席的身份发言,他只以一个普通作家的身份,平等而真诚地与同行交心。这些年,刘恒每年取得的成绩都很可喜。但他从来没有自喜过,传达给人的都是不满足和紧迫感。我回忆了一下,尽管刘恒每年的发言各有侧重,但有一个意思是不变的,那就是他每年都说到个体生命时间储备的有限,生命资源的有限,还是抓紧时间,各自干自己喜欢的事情为好。刘恒发言的节奏不急不慢,徐徐而谈。刘恒的音质也很好,是那种浑厚的男中音,透着发自肺腑的磁力。当然,他的口才不是演讲式的口才,支持口才的是内在的力量,不是外在的力量。一切源于他的自信、睿智、远见、幽默和深邃的思想。

北京作协二〇〇七年年度总结会是在北京郊区怀柔宽沟开的。在那次总结会上,刘恒所说的两句话给我留下了深刻印象。我认为这两句话代表着他对艺术孜孜不倦的追求,代表着他的文学艺术观,也是理解他所有作品的一把钥匙。他说:“我每做一个东西,下意识地在追求完美。”我听了心有所动,当即插话说:“我们在有意识地追求完美,都追求不到,你下意识地追求完美,却追求到了,这就是差距啊!”刘恒的意思我明白,我们的创作必须有大量艰苦的劳动,才会有灵感的爆发。必须先有长期有意识的追求,才会有下意识的参与。也就是说,对完美的追求意识已融入刘恒的血液里,并深入到他的骨子里,每创作一件作品,他不知不觉间都要往完美里做。对完美的要求已成为他的潜意识，成为一种近乎本能的反应。那么我就想沿着这个思路，看看刘恒是如何追求完美的。

追求完美意味着付出，追求完美的过程是不断付出的过程。刘恒曾经说过："你的敌人是文学，这很可能不符合事实，但是你必须确立与它决一死战的意志。你孤军奋战。你的脚下有许许多多尸首。不论你愿意不愿意，你将加入这个悲惨的行列。在此之前，你必须证实自己的懦弱和无能是有限的，除非死亡阻挡了你。为此，请你冲锋吧。"刘恒在写东西时，习惯找一个地方，把自己封闭起来。为了排除电视对他的干扰，他连带着堵上电视的嘴巴，把电视也"囚禁"起来。他写中篇小说《贫嘴张大民的幸福生活》时，是一九九七年的盛夏。那些天天气极热，每天的气温都在三十六七摄氏度。他借的房子在六层楼上，是顶层。风扇不断地吹着，他仍大汗淋漓。他每天从早上八点一直写到中午一两点。饿了，他泡一袋方便面，或煮一袋速冻饺子，再接着写。屋里太热，他就脱光了，把席子铺在水泥地上写。坐在席子上吃饭的时候，他觉得自己太苦了，这是人干的事情吗？何苦呢！可又一想，农民在地里锄庄稼不也是这样吗！他就有了锄庄稼锄累了，坐在地头吃饭的感觉，心里便高兴起来。让刘恒高兴的事还在后头，《贫嘴张大民的幸福生活》一经发表，便赢得了满堂喝彩。随后，这部小说又被改成了电影和电视剧。特别由刘恒亲自操刀改编的电视剧播出之后，那段时间，人们争相言说张大民。这些年，每年出版的文学作品和拍摄的电视剧不少，但真正立起来的艺术人物却很少。可张大民以独特的艺术形象真正站立起来了。在全国范围内，或许有人不知道刘恒是谁，但一提张大民，恐怕不知道的人很少。

二〇〇九年，刘恒为北京人艺写了一部话剧《窝头会馆》。在此之前，刘恒从未写过话剧，他知道写一部好的话剧有多难。但刘恒知难而进，他就是要向自己发起挑战。在前期，刘恒看了很多资料，做了大量准备工作。在剧本创作期间，他所付出的心血更不用说。他既然选择了追求完美，就得准备着承受常人所不能承受的压力和心理上的折磨。话剧公演之后，刘恒不知观众反应如何，有些紧张。何止有些紧张，是非常紧张。须知北京人艺代表着中国话剧艺术的最高品第,《雷雨》《茶馆》等久演不衰的经典剧目都是从人艺出来的。大约是《窝头会馆》首演的第二天,我和刘恒在一块儿喝酒。我记得很清楚,我们那天喝的是茅台。我还专门给刘恒带了当天的一张报纸,因为那期报纸上有关于《窝头会馆》的长篇报道。我问刘恒看到报道没有。他说没有,报纸上的报道他都没有看,不敢看。我问为什么,他说很紧张。他向我提到外国的一个剧作家,说那个剧作家因为一个作品失败,导致自杀。刘恒说他以前对那个剧作家的自杀不是很理解,现在才理解了。当一部剧作公演时,剧作家面临的压力确实很大。当时刘恒的夫人张裕民在加拿大多伦多大学儿子那里,还是张裕民通过互联网,把观众的反应和媒体的评论搜集了一些,传给刘恒,刘恒才看了。看到观众的反应很热烈,媒体的评价也颇高,刘恒的心情才放松了,才踏实下来。在《窝头会馆》首轮演出期间,刘恒把自己放在观众的位置,从不同角度和不同距离前后看了七场。演员每次谢幕时,情绪激动的观众都一次又一次地热烈鼓掌。刘恒没有参加谢幕,观众鼓掌,他也不由自主地跟着鼓掌。我想我的老弟刘恒,此时的眼里应会有泪花儿吧! 所谓人生的幸福,不过如此吧。

任何文学艺术作品,其主要的功能,都是为了表达和传递感情,情感之美是美的核心。刘恒要在作品中追求完美,他必须找到自己,找到自己和现实世界的情感联系,找到自己的情感积累,并找到自己的审美诉求。我敢肯定地说,刘恒的每部作品里所蕴含的丰富情感,都寄托着他对某人某事深切的怀想,投射着自己感情经历的影子。

刘恒创作《张思德》的电影剧本时,我曾替刘恒发愁,也替刘恒担心,要把一点有限的人物历史资料编成一部几万字的电影剧本,谈何容易! 事实表明,我的担心是多余的。《张思德》的故事情感饱满,人物形象的塑造堪称完美。影片一经放映,不知感动了多少人流下眼泪。把《张思德》写得这样好,刘恒的情感动力和情感资源何在? 刘恒给出的答案是:"我写王进喜、张思德,我就比着我父亲写,用不着找别人。张思德跟我父亲极其相似。"我不止一次听刘恒说过,在写张思德时,他心里一直想的是他去世的父亲。通过写张思德,等于把对父亲的怀念之情找到了一个表达的出口,同时也是在内心深处为父亲树碑立传。刘恒在灵境胡同住时,我去刘恒家曾见过他父亲。那天他父亲拿着一把大扫帚,正在扫院子外面的地。刘恒的父亲个头儿不高,光头,一看就是一个纯朴和善的老头儿。刘恒说他父亲是个非常利人的人,人品极好,在人格上很有力量。他父亲退休后也不闲着,七十多岁了还义务帮人理发。在他们那个大杂院儿里,几乎所有男人的头发都是他父亲理的,包括老人和孩子。谁家的房子漏了,大热天的,他父亲顶着太阳,爬到房顶给人家刷沥青。在帮助别人的时候,他父亲感到很高兴。水有源,木有本。不难判断,刘恒不仅在创作上得到了父亲的情感滋养,在为人处世上也从父亲那里汲取了人格的力量。

看《窝头会馆》,看得我几次眼湿。我对妻子说,刘恒把他对儿子的感情倾注在"窝头"里了。我还对妻子吹牛:"这一点别人不一定看得出来,但我能看得出来。"刘恒的儿子远在加拿大求学,儿子那么优秀,长得又是那么帅,刘恒深爱着儿子,却一年难得见儿子一次,那种牵心牵肝的挂念可说是没日没夜。在这种情况下,让刘恒写一个话剧,他难免要在剧里设计一个儿子,同时设计一个父亲,让儿子对父亲的行为提出质疑,让父子之间发生冲突。冲突发展到释疑的时刻,儿子和父亲都散发出灿烂的人性光辉。有人评论,说《窝头会馆》缺乏一条贯串到底的主线。我说不对,剧中苑大头和儿子的冲突就是贯串始终的主线,就是全剧的焦点。我对刘恒说出了我的看法,刘恒微笑着认同我的看法。刘恒在接受记者采访时承认:"写苑大头和儿子的关系,那不就是我跟儿子的关系嘛!"

刘恒追求完美,并不因为这个世界有多么完美。恰恰相反,正因为这个世界是残缺的,不完美的,刘恒才有了创造完美世界的理想。而要创造完美世界,是很难的。这是因为我们每一个创作者都有局限性。我们的胳膊有限,腿有限;经历有限,眼界有限;世俗生活有限,精神生活也有限。最大的局限是,我们的生命有限,我们每个人都只有一生啊!我早就听刘恒说过一个作家的局限性。他认为,我们得认识到这种局限性,承认这种局限性,而后在局限性里追求完美,追求一种残缺的完美。正因为有限,我们才有突破有限的欲望。正因为残缺,我们对完美的追求才永无止境。

刘恒写过一部中篇小说叫《虚证》,因为这部小说没有拍成电影,也没有改编成电视剧,它的影响是有限的。但文学界对这部小说的评价很高。刘恒也说过:"一向不满意自己的作品,《虚证》是个例外,它体现了我真正的兴趣。"可以说这部小说是刘恒极力突破局限并奋力追求完美的一个例证。刘恒的一个朋友,在身上坠上石头,跳进北京郊区一个水库里自杀了。在自杀之前,他发了几封信,为自己的行为辩解,说他自己是对的。可巧这个人我也认识,我在《中国煤炭报》副刊部当编辑时,曾编发过这个人的散文。应该说这个人是个有才华的人。自杀时他才三十多岁,已是某国营大矿的党委副书记,前程很好。他的自杀实在让人深感惋惜。他的命赴黄泉让刘恒受到震动,刘恒想追寻一下他的生命历程和心路历程。刘恒想知道,这个人到底走进了什么样的困境,遭遇了多么大的痛苦,以至于非死不能解脱自己。斯人已去,实证是不可能的。刘恒只能展开想象的翅膀,用虚证的办法自圆其说。刘恒这个小说的题目起得好,其实小说工作的本质就是务虚,就是虚证。

刘恒将心比心,把远去的人拉回来,为其重构了一个世界。这个人从物质世界消逝了,刘恒却让他在精神世界获得新生。更重要的是,刘恒以现实的蛛丝马迹为线索、为材料,投入自己的心血,建起了一个属于自己的心灵世界。这个世界是心灵化的,也是艺术化的。它介入了现实世界,又超越了现实世界。它突破了物界的局限,在向更宽更广的心界拓展。刘恒之所以对这部小说比较满意,大概是觉得自己在突破局限方面做得比较成功吧。

对于完美,刘恒有自己的理解和标准。不管写什么作品,他给自己标定的目标都是高标准。为了达到自己标定的标准,他真正做到了扎扎实实,一丝不苟。一丝不苟不是一个陌生化的词,人们一听也许就滑过去了。但在形容刘恒对审美标准的坚持时,我绕不过一丝不苟这个词。如果这个词还不尽意,你说刘恒对完美标准的坚持近乎苛刻也可以。由刘恒担纲编剧的电影《集结号》,是中国近年来不可多得的一部好电影。在残酷战争中幸存下来的连长谷子地,一直在找团长,问他有没有吹集结号。他的问题最终也没什么结果。谷子地无疑是一个悲剧性的人物,他的牺牲精神和浓重的悲剧感的确让人震撼。刘恒提供的剧本,直到剧终谷子地也没有死。可导演在拍这个电影时,却准备把谷子地拍死。刘恒一听说要把谷子地拍死就急了,他找到导演,坚决反对把谷子地拍死。一般来说,编剧把剧本写完,任务就算完成了,剩下的事都由导演干,导演愿意怎么拍,就怎么拍,编剧不再参与什么意见。可刘恒不,刘恒作为中国电影界首屈一指的大编剧,他有资格对导演说出自己的意见,并坚持自己的意见。加上刘恒在电影学院专门学过导演,还有执导电视剧的实践经验,他的意见当然不可等闲视之。通过对这个具体作品、具体细节的具体意见,我们就可以具体地看出刘恒所要达到的完美标准。这个标准的背后有着丰富的内容。除了在目前政治背景下对一部电影社会效果的总体把握,除了对传统文化心理和受众心理的换位思考,还有对电影艺术度的考虑。所谓度,就是分寸感。任何艺术门类都讲究分寸感,一旦失了分寸,出来的东西就不是完美的艺术。刘恒说:"悲剧感的分寸,跟人生经验有直接关系。有时候我们经常看到一种情况就是,人物已经非常悲恸了,但我们的观众没有悲恸感。因为所谓的悲剧效果是他自己造成的。"在日常生活中,刘恒是一个很随和的人。朋友们聚会,点什么菜,喝什么酒,他都微笑着,说随便,什么都行。可在艺术上遇到与他完美艺术追求相悖的地方,他就不那么随和了,或者说他的倔劲就上来了,简直有些寸步不让的意思。不知他跟导演说了什么样的狠话,反正连导演也不得不服从他的意志,给谷子地留了一条生路。从电影最后的效果看,刘恒的意见是对的,他的"固执己见"对整部电影具有拯救般的意义。倘是把谷子地拍死,这个电影非砸锅不可。

刘恒在创作上相当自信。他所取得的一连串非凡的创作业绩支持着他的自信。有自信,他才不为时尚和潮流所动,保持着自己对完美艺术标准的坚守。同时,他对自己的创作也有质疑,也有否定。通过质疑和否定,他不断创新,向更加完美的艺术境界迈进。刘恒的长篇小说《苍河白日梦》是部好小说。在写这部长篇时,他把自己投进去,倾注了太多的感情,以至在写作过程中,他竟然好几次攥着笔大哭不止。他的哭把他的妻子张裕民吓坏了,也心疼坏了,张裕民说:"咱不写了还不行吗？咱不写了还不行吗？"这样劝刘恒时，张裕民的眼里也满含热泪。但不写是不行的，刘恒哭一哭，也许心里就好受些。哭过了，刘恒擦干眼泪，继续做他的"白日梦"。回想起来，我自己也有过几次号啕大哭的经历，但都不是在写作过程中发生的。我写到动情处，鼻子一酸，眼睛一湿，就过去了。像刘恒这样在写一部小说时几次大哭，在古今中外的作家中都很少听说。

可后来刘恒跟我说，他对这部小说质疑得很厉害。依我看，这部小说的质量不容置疑，他所质疑的主要是自己的写作态度。他认为自己掉进悲观的井里了，"一味愤世愤世，所愤之世毫毛未损，自己的身心倒给愤得一败涂地。况且只是写小说，又不是跟谁拼命，也不是谁跟你拼命，把自己逼成这个样子实在不能不承认是太不聪明了。"于是刘恒要变，要把自己从悲观的井里捞出来，从愤世到企图救世，也是救自己，救自己的小说。《贫嘴张大民的幸福生活》，是刘恒求变的作品之一。到这部作品，他"终于笑出了声音，继而前所未有地大笑起来了"。有人曲解了刘恒这部小说的真正含义，或许是故意曲解的。刘恒一点都不生气。谁说曲解不是真正含义的延续呢,这只能给刘恒增添更多笑的理由。我也不替刘恒辩解,愿意跟他一块儿笑。我对刘恒说:"你夫人叫张裕民,你弄一个人叫张大民,什么意思嘛!"刘恒笑得很开心,说这是他的疏忽,当时没想那么多。张裕民也乐了,说:"对呀,你干吗不写成刘大民呢,以后你小说中的人物不许姓张。"

刘恒对完美艺术的追求,还体现在他对多种艺术门类创作的尝试上。上面我说到他写了话剧《窝头会馆》,二〇〇九年,他还写了歌剧《山村女教师》。刘恒真是一个多面手,什么样的活儿他都敢露一手。二〇〇八年秋天,我们应朋友之约,到河南看了几个地方。去河南之前,刘恒说他刚从山西回来。我问他到山西干什么去了,他说到贫困山区的学校访问了几个老师。他没怎么跟我说老师的情况,说的是下面一些买官卖官的现状。刘恒的心情是沉重的,觉得腐败现象太严重了。我以为刘恒得到素材,准备写小说。后来才知道,那时他已接下了创作歌剧的活儿,在为写歌剧做准备。刘恒很谦虚,他说他不知道歌剧需要什么样的词,只不过写了一千多句顺口溜而已。《山村女教师》在国家大剧院一经上演,如潮的好评便一波接一波涌来。很遗憾,这个剧我还没捞到看。我的好几个文学界的朋友看了,他们都说好,说很高雅,很激动人心,是难得的艺术享受。

在北京作协二〇〇九年度总结会上,刘恒谈到了《山村女教师》。他说他的文字借用了音乐的力量,在音乐的支持下才飞翔起来。歌声在飞翔,剧情在飞翔,听歌剧的他仿佛也有了一种飞翔的感觉。他看到音乐指挥张开两只手臂,挥动着指挥棒,简直就像一只领飞的凤凰,在带领听众向伟大的精神接近。那一刻,刘恒体会到,艺术享受是人类最高级的享受,也是人类最幸福的时刻。他说:"我们都是凡人,从事了艺术创作,才使我们的心灵有了接近伟大的可能。"

这一切都源于一个根本,源于刘恒对完美人格的追求,源于刘恒无可挑剔的高尚人品。作家队伍是一个不小的群体,这个群体里什么样的人都有,有毛病的人也随手可指。但是,要让我说刘恒有什么缺点,我真的说不出。不光是我,在我所认识的人当中,有文学圈子中人,也有文学圈子以外的人,提起刘恒,无不承认刘恒是一个好人,是一个奉行完美主义的人。俗话说金无足赤,人无完人。在刘恒这里,这句俗话恐怕就要改一改,金可以无足赤,完人还是可以有的。我这样说,一贯低调的刘恒也许不爱听。反正我不是当着他的面说,他也没办法。刘恒有了儿子后,曾写过一篇怎样做父亲的文章,文章最后说:"看到世上那些百无聊赖的人;那些以损人利己为乐的人;那些为蝇头小利而卖身求荣、而拍马屁、而落井下石、而口是心非、而断了脊梁骨的人……我无话可说——无子的时候我无话可说。现在我有了儿子,我觉得我可以痛痛快快说一句了:我不希望我儿子是这样的人!"这话看似对儿子的规诫,其实也是对自己的要求。

刘恒是一位内心充满善意、与人为善的人。如果遇到为人帮忙说好话的机会,他一定会尽力而为。有一个作家评职称,申报的是二级。刘恒是评委,他主张给那个作家评一级。刘恒的意见得到全体评委的认同,那个作家果然评上了一级。刘恒成人之美不求任何回报,也许那个作家到现在都不知道为他极力帮忙的人是谁。同时,刘恒也是一个十分讲究恕道的人。子贡问曰:"有一言可以终身行之者乎?"子曰:"其恕乎! 己所不欲,勿施于人。"我和刘恒交往几十年,在一起难免会说到一些人,在我的记忆里,刘恒从不在人背后说人的不是。刘恒只说,他们都是一些失意的人。或者说,他们活得也不容易。对网络传的对某些人的负面评价,刘恒说:"我是宁可信其无,不信其有。各人好自为之吧!"

峣峣者易缺,皦皦者易污。据说追求完美的人比较脆弱,比较容易受到伤害。刘恒遭人嫉妒了,被躲在暗处的人泼了污水。好在刘恒的意志是坚强的,他没有被小人的伎俩所干扰,以清者自清的姿态,继续昂首阔步,奋然前行。刘恒的观点是,我们应尽量避免介入世俗的冲突,避免使自己成为小人。一旦介入冲突,我们就可能会矮下去,一点点变小。我们不要苍蝇和蚊子的翅膀,我们要雄鹰的翅膀。我们要飞得高一些,避开世俗的东西,到长空去搏击。

二〇一〇年三月

在兰亭,给何向阳端酒

报社的朋友打电话向我约稿,我的第一反应是回绝。因为我手上正在写长篇。我习惯在写某一篇东西时不中断,不愿意插进来写别的东西。可当朋友向我说明让我在妇女节前写写何向阳时,我却当即答应下来。正找不到机会向何向阳先生献殷勤呢,机会找上门来,岂能错过!

我认识何向阳是在上个世纪的一九九九年秋天。其时,河南同时召开了两个文学方面的会。一个是中原长篇小说研讨会;一个是全省青年文学创作会。会议邀请在京的几位豫籍作家回故乡捧场,我有幸忝列其中。记得会上还安排周大新、阎连科和我,与青年作家们座谈,田中禾兄出的题目是"展望二十一世纪的文学"。我忘了我在会上说了什么,好像"展望"得并不乐观。散会后,我在门口看见了何向阳。何向阳在等我,她说:"我们认识一下,我是何向阳。""嗨,你就是何向阳呀!"我当时吃惊不小。何向阳的名字我早就在《奔流》等杂志上见过了,何向阳的文章我也读了不少,恕我孤陋寡闻,我一直以为何向阳是个男同志呢!这不能怪我,电影《平原游击队》里有一个著名的李向阳,那厮身挎双枪,纵横驰骋,好生了得!一定是他的名字在我脑子里先入为主了。这向阳不是那向阳,两个向阳反差太大了。我说:"何向阳,你长得太美了!真的,我没有想到,你怎么这样美呢!"别人认为我为人比较拘谨、内向,或是说比较含蓄,这样一见面就夸一个女孩子长得美,好像不是我的一贯风格。可那天不知哪儿来的勇气,有点管不住自己似的,张口就把话说了出来。何向阳轻轻笑着,脸上红了一阵,没说什么。是呀,像我这么一个说话来不及斟酌的粗人,她能说什么呢?

以后和何向阳见面的机会就多起来了。每次一块儿参加活动,有机会我必主动要求与何向阳合影。二○○

149

一年春天,在北京参加全国青年文学创作会议,我与何向阳合了影。当年秋天去绍兴出席第二届鲁迅文学奖颁奖会,在颁奖台上,在鲁迅故居、沈园等地方,我都与何向阳合了影。请不要笑话我,爱美之心人皆有之,咱自己其貌不扬,跟何向阳沾一点"阳光"不算过分吧!特别是在王羲之写《兰亭序》的地方兰亭,我与何向阳的那张合影更有特色,更让人难忘。兰亭是一个大的地方,里面有多处景点。其中一个景点曲水流觞,是王羲之与文友喝酒吟诗的所在。一脉流水,一条曲径,活水缓缓流动,曲径七拐八弯。取一些酒杯,里面斟了黄酒,置于水面,任酒杯慢慢向下游漂去。邀文友们坐于曲径两侧,待酒杯在哪位文友面前停下,文友须把酒端起,喝干,吟出一首诗。那些座位也很讲究,圆圆的蒲墩,簇拥在周围的是青碧的兰草,让人迟迟不敢坐。听了讲解员的讲解,我更不敢坐。我又不会作诗,万一酒杯在我面前停下来了怎么办。我看老诗人李瑛率先坐下,同是著名诗人的李瑛的女儿李小雨也坐下了,我才敢落座,有他们两位诗人在场,作诗就是他们的事了。巧了,一樽酒杯偏偏在我面前晃晃悠悠停了下来。不把酒端起来无论如何不合适,我打算耍赖,把酒喝下再说,作诗就免了。又巧了,这时何向阳走过来坐在我旁边的一个蒲墩上。我便把酒端给何向阳。何向阳把酒接过去,喝了。何向阳等于救了我的场。酒是我转让给她的,她有理由不必考虑作诗的事。我有一个朋友,是电视台的记者。趁我给何向阳端酒之际,他把那一瞬间抓拍下来。因每个座位之间有一段距离,画面中心,我欲起欲坐,伸长手臂给何向阳递酒。何向阳呢,也得把双臂伸展,才能接到酒。耐人寻味的是,作为画面背景的是十几个人物。他们有男有女,有老有少,有小伙子,也有姑娘。他们或直眉瞪眼,或嘴巴微张,或呼之欲出。他们所瞅的目标只有一个,那就是身穿一袭白裙、端庄秀丽的何向阳。

真的,谁要不知道什么是端庄秀丽,见了何向阳就知道了。谁要不知道何为大家闺秀,见到何向阳就知道了。谁要不知道什么是高贵气质,见到何向阳就知道了。

您问何向阳的作品? 她是全国屈指可数的青年文学评论家之一,文章当然写得漂亮。她是写文学评论的,我对评论是门外汉,不敢对她的评论妄加评论。咱们这么说吧,她的文章要不写得出类拔萃,怎么就能得全国优秀评论鲁迅文学奖呢!她的获奖作品我拜读过,题目是《12个:1998年的孩子》。她挑出当年的十二篇小说,并挑出每篇小说里所刻画的一个孩子。一个一个加以分析。在这个浮躁的年代,在这个好多评论家不认真看书的年代,有谁像何向阳这样沉潜呢!这样用心呢!这样别出心裁呢!让本人深感荣幸的是,在何向阳所评论的十二个孩子当中,就有我的一个孩子,那就是《梅妞放羊》中的小姑娘梅妞。生梅妞的是我,打扮梅妞的却是何向阳。反正,梅妞原本并不惹人注意,经向阳一打扮,一点化,梅妞很快光彩照人,并登上了大雅之堂。

不光我崇拜何向阳,据说连外国人都对何向阳崇拜得几乎五体投地。第六届全国作家代表会召开之前,何向阳作为中国作家代表团成员之一,到印度访问。团长是王蒙。在作代会闭幕当天的那次宴会上,我听王蒙在饭桌上讲,何向阳把印度人大大震了一把。印度人崇拜观音,他们看见何向阳就像见到了观音。王蒙说,以后我国如果再与印度发生纠纷,就不用再派军队,只让何向阳一个人出面,就把印度人摆平了。

二〇〇五年三月

顽强生长的短篇小说

一

七十多年前的一九四二年五月二日,沈从文先生在西南联大国文学会作过一个精彩讲演,他讲的专题是关于短篇小说的创作。这篇六七千字的讲稿,我在一九八五年读过第一遍之后,又陆续读过五六遍。我敢说,从来没有一篇任何别的作品让我读这么多遍。我每读一遍,都有新的感悟,都在为自己持续写短篇小说加油,加油。一谈到短篇小说,我都会油然想起沈从文先生的这篇讲稿。有沈先生的讲稿在,我不大敢讲短篇小说。请允许我先把沈先生的讲稿概述一下，给自己壮壮胆。

沈先生讲到，当时有人认为短篇小说没什么出路了，短篇小说的光荣成了过去时，再写短篇小说就是落伍，甚至是反动，所写的作品就要受到检查、扬弃。他把短篇小说与长篇小说作比，说长篇小说铺排故事不受限制，可以铸造人物，承载社会流变，获得历史意义和历史价值，更能从旧小说读者中吸引多数读者。他把短篇小说与戏剧作比，说戏剧娱乐性多，容易成为大时代中都会的点缀物，能繁荣商业市面，也能繁荣政治市面，所以不仅好作品容易露面，即使本身十分浅薄的作品，有时说不定在官定价值和市定价值两方面，都被抬得高高的。其中唯有短篇小说，既难成名，又难牟利，且决不能用它去讨个小官儿。社会一般事业都容许投机取巧，用小力气收大效果，唯有短篇小说是个实实在在的工作，玩花样行不通，擅长政述的人决不会摸它，天才不是不敢过问，就是装作不屑于过问，在这种情况下，沈从文总结出了短篇小说的"三远一近"，即：与抄抄撮撮的杂感离远，与装模作样的战士离远，与逢人握手每天开会的官僚离远，渐渐地却与艺术接近了。

几十年过去了,沈从文也已逝世近三十年,他的这篇讲稿不但没有过时,给我的感觉是,它的现实感和针对性似乎都更强烈。在这个新兴电子媒体风起云涌的数字化时代,在市场商业大潮不断推动的娱乐化、实用化时代,短篇小说由于写作难度大,消耗心血多,不易和影视接轨,娱乐性、实用性不强,经济效益低,使得它受到越来越多的轻视和挤压,以致其生长的土壤更加贫瘠,得到的光照更加微弱,生长的空间愈发狭小。原来写短篇小说的作家,现在有一些作家不写了。有的年轻作者绕过了短篇小说的训练,一上来就写长篇小说,还说什么"扬长避短"。写长篇不可非议,但我觉得这种说法不太好,它容易引起误解,使人们误以为长篇的长是艺术之长,短篇的短是艺术之短。其实长篇小说和短篇小说在艺术上各有千秋,谁都不能代替谁。牡丹花代替不了桂花,桂花也代替不了牡丹花。

在一个关于短篇小说的座谈上,我除了推荐沈从文的讲演,还斗胆提出,在目前情况下,写短篇小说要具有短篇小说的精神。我把短篇小说的精神概括为五种精神:一是对纯粹文学艺术不懈追求的精神;二是勇于和市场化、商品化对抗的永不妥协的精神；三是耐心在细部精雕细刻的精神；四是讲究语言韵味的精神；五是知难而进的精神。对每一种精神，我都有一些想法，或者说有着切身经验的支持。如果展开来讲，我有可能会把话讲长，把"短篇"讲成"长篇"，所以就不展开讲了。反正我对短篇小说的现状和前景并不悲观。从全国各地的文学刊物看，每期都有一定数量的短篇小说发表。一些热爱短篇小说艺术的作家，仍在孜孜不倦地探索和追求。在新起的年轻作家中，涌现出一批有志于短篇小说写作的作家，他们的写作取得了不俗的成绩。还有一些早已成名的作家，他们在写长篇小说之余，从未放弃短篇小说的创作。莫言在接受《中华读书报》记者访谈时就说过："我对短篇一直情有独钟，短篇自身有着长篇不可代替的价值，对作家的想象力也是一种考验。前一段时间我又尝试写了一组短篇。短篇的特点就是短、平、快，对我的创作也是一种挑战。"莫言还说过："写短篇完全可以成为一个大家。"先期设立的蒲松龄短篇小说奖，和后来设立的林斤澜短篇小说奖，对于继承中国短篇小说创作的优良传统，表彰当代汉语短篇小说的创作成就,重申短篇小说写作的文化价值,都起到了很好的作用。总而言之,短篇小说作为一种不可或缺的文学式样,在顽强地生长着,存在着。犹如在秋风中摇曳的点点山菊,让人们在不经意间眼前一亮,继而驻足观赏,生出无尽遐想。文学评论家陈晓明的判断是,短篇小说的存在,说明着中国当代文学性的存在。

我本人写短篇小说多一些。从一九七八年写第一篇短篇小说开始,我已经操练了四十余年,积累的短篇小说有二百六七十篇。比起外国的一些作家,我写得并不算多。契诃夫活到四十四岁,写了近千篇短篇小说。莫泊桑终年四十三岁,写了三百五十多篇短篇小说。欧·亨利活得岁数稍大一些,活到四十八岁,发表的短篇小说也是几百篇。仅从作品数量上看,就可以看出他们的写作是多么勤奋。不过我心里也有些打鼓,这几位写短篇小说的大家,他们怎么连五十岁都没活到呢? 是不是写短篇小说特别消耗人的生命呢? 我的创作成就当然不能和他们相比,但让我感到幸运的是,我不但活过了五十岁,还超过了六十岁。一个人的岁数超过了一个甲子,才写了不到三百篇短篇小说,的确不算多。

其实除了写短篇小说，我还写中篇小说和长篇小说，中篇小说写了二三十篇，长篇小说已经写了七部。在长、中、短三种小说中，王安忆认为我的短篇小说写得好一些，她给我写信，鼓励我多写短篇小说，说写短篇小说是需要一定数量的。我的短篇小说不管发表在哪里，她几乎都能看到。在给我的小说集写的序言中，她写道："我甚至很难想到，还有谁能像刘庆邦这样，持续写出这么多的好短篇。"在分析原因时，她说了三点：一是灵感，二是锻炼，三是天性。比起灵感和锻炼，她认为天性更为重要，说我的天性里似乎有一种与短篇小说投合的东西。王安忆所说的天性，让我觉得有些神秘，我的天性里哪些是与短篇小说投合的东西呢？连我自己都说不清楚。被誉为"短篇小说圣手"的林斤澜老师，对我写短篇小说亦多有提携。他为我的短篇小说《鞋》写过短评，还为我的短篇小说创作写过综合性的评论。他说我不吹萨克斯，不吹法国圆号，吹响的是自己的唢呐，是短篇小说写作道路上的"珍稀动物"。还说我"出自平民，来自平常，贵在平实，可谓三平有幸"。还有崔道怡老师、李敬泽等，对我的短篇小说创作都多有鼓励。

他们的鼓励,使我坚定了持续写短篇小说的信心,我对他们心怀感激。

有媒体记者跟我探讨短篇小说,问短篇小说的特点是什么？它与中篇、长篇相比,有哪些主要区别？我知道回答这些问题是很难的,弄不好就会像盲人摸象,以偏概全。但人家把问题提出来了,你不回答又不行,我只得硬着头皮回答说,短篇小说的特点就在于它的虚构性,极端的虚构性。它是心中栽花,平地抠饼,在现实故事结束的地方开始短篇小说意义上的故事,在看似无文处作文。我借用汪曾祺评价林斤澜短篇的话,"实则虚之,虚则实之,有话则短,无话则长",来表明自己的说法是有根据的。我还试着对何谓"有话"和何谓"无话"作了解读。我理解,所谓"有话"是指别人已经说过的话,已经写过的故事,已经表达过的思想,现实生活中已经发生的事情。所谓"无话"呢,是指别人还没有说过的话,没有写过的故事,没有表达过的思想,现实生活中尚未发生但有可能发生的事情。既然"有话"了,作家就应当少写,或者说不用写了。而"无话"的地方,才是作家施展身手大有作为的地方,才符合创作的本质性要求,实现作家创造性写作的愿望。

至于短篇小说与中篇小说、长篇小说的区别,我们当然不能以量化的标准,仅仅以小说的字数来衡量、相区别。我打了一个比方,说长篇小说像大海,中篇小说像长河,短篇小说像瀑布。"大海"波涛翻滚,雄浑壮阔。"长河"迂回,曲折,奔流不息。"瀑布"飞流直下,直捣龙潭。这三样东西虽说都是水质,但它们有着不同的形态、不同的任务、不同的审美效果。有作家朋友说,有的短篇小说可以拉长,可以拉成中篇小说,甚至是长篇小说。可是,能不能从一部长篇小说取下一块,变成短篇小说呢?我的体会是不能。因为短篇小说有着特殊的结构、特殊的肌理。写短篇小说有着特殊的取材方式和思维方式。

二

小说写作,包括短篇小说的写作,可不可以教授?对于这个和小说与生俱来的问题,有着不同的回答。不少人强调了作者天赋的决定性作用,认为小说创作不可教授。爱尔兰作家托宾和王安忆都是大学文学系的教授,他们的说法也不尽相同。托宾说过,他的教学工作,就是发掘学生的写作天赋,并帮助学生克服懒惰心理,使天赋得到较好发挥,不致自生自灭。王安忆的说法是,她的教学工作主要是培养学生对文学的兴趣。从他们的言谈里,可以听出他们出言谨慎,对小说与作能否教授都不是肯定的态度。

从我自己学习写作的过程来看,我倒认为小说写作是可以教授的。这个教授分直接教授和间接教授。直接教授是听老师面对面讲解,间接教授是通过阅读作家的书从中获得教益。我喜欢读沈从文的书,等于间接从沈从文那里得到教授。也可以说,沈从文先生是我从未谋面的写短篇小说的老师。这里顺便插一句,出于对沈老的崇敬,在他生前,我很想去拜访他,当面聆听他的教诲。由于怕打扰沈老的安静,也是由于自己的怯懦,我把拜访的机会错过了,造成了无法弥补的遗憾。不可否认,世界上的任何事物都有它的规律性,小说创作也不例外。小说作为一种人为制造的艺术,它也有基本的规则,也有规律可循,在操作过程中,也有技巧在里头。有人不爱听技巧这个词,好像一说技巧,就显得机械、小气、技术至上;不够自然,不够自由,不够混沌;就是对小说价值的贬低。其实玉不琢不成器,琢玉的工艺过程必定有技巧的参与,每一位琢玉大师,都是技巧娴熟的高手。不可以想象,把一块玉料交给一个缺乏技术训练的生坯子手里,他会把玉料弄成什么样子。写小说和琢玉有着同样的道理,在写作过程中,材料、劳动和技巧是统一的,只有很好地结合起来,才有望写出完美的小说。

据我所知,在我们国家层层举办的作家研修班上,老师们讲宏观的东西、理论性的东西多一些,而讲微观的、技巧性、操作性的东西少一些,没有很好地把创作理论和创作实践结合起来讲。据说美国也办作家研修班,他们的课程内容设置与我们不大一样,他们主要讲创作技术。他们拿来一篇小说,把小说掰开,揉碎,拆成零件,然后把零件一点一点组装起来,使小说恢复原貌。或是仍使用这些零件,组装成别的样子,试试小说能不能出现另一种面貌。通过分析具体作品,他们看看小说怎样开头,怎样结构情节,怎样铺排细节,怎样使用语言,怎样一步一步把小说推向高潮,然后怎样结尾。台湾作家白先勇，在美国用英语写作的华裔作家哈金，都在美国的作家研修班参加过学习，都自称获益匪浅。

我没上过大学，理论修养不够，没什么学问。我想从自己的写作经验出发，尝试讲讲小说创作技巧方面的东西。这次我主要讲短篇小说的写作。

要写出一篇短篇小说，必须先找到短篇小说的种子。在植物界，高粱有种子，玉米有种子，小麦也有种子。在动物界，老虎有种子，熊猫有种子，人也有种子。世界上的万事万物，凡是生命形态，似乎都有种子。这个世界之所以充满生机，并生生不息，种子在保存信息、进化基因、传递能量等方面，都发挥着不可替代的根本性作用。和生物相对应，作为精神性产品，我觉得短篇小说也是有生命的，短篇小说里面也存有种子。和种子说相类似的，有多种说法，有的说成眼睛、内核，有的说成支撑点、闪光点、爆发点，也有的说成是纲，纲举目张的纲。但我还是愿意把它说成是种子。不仅因为种子是形象化的，一提种子，我们还会联想起诸如饱满、圆润、孕育、希望、生机等美好的字眼。如果说种子仍不尽意，非要给它下一个概念性定义的话，所谓短篇小说的种子,就是有可能生长成一篇短篇小说的根本性因素。

有一点必须说明的是,短篇小说的种子不同于植物和生物的种子,短篇小说的种子只适用于播种和生发,不宜流传。也就是说,它的使用是一次性的。谁要以为得到一枚短篇小说的种子,就可以一生十,十生百,最后获得大面积丰收,那就有些可笑了。

现在有的短篇小说半半拉拉,干干巴巴,看完了让读者不得要领,得到的只是一堆枝叶和一片杂芜的印象,欣赏心理不能满足,还有一种阅读浪费的感觉。之所以如此,很大程度上是因为里面缺乏种子。

好比一棵玉米的胚芽包含在一粒玉米种子里面,一篇短篇小说的胚芽也包含在一粒短篇小说的种子里面。在写一篇短篇小说之前,如果我们没找到短篇小说的种子,就无从下手,就找不到行动方向,既没有出发点,也没有落脚点。我们这些生活在城市中的人,有人恰好住在一楼,楼前恰好有一块空地,这人就把空地开垦起来,想种一棵或几棵向日葵。地有了,肥料有了,墒情不错,日照充足,季节也正当时,可以说别的条件都具备了,万事俱备,只欠东风。这个东风不是别的,就是向日葵的种子。如果没有向日葵的种子，别的条件都是无效的，一切都是白搭。

为了进一步说清什么是短篇小说的种子，下面我该举一个例子了。请允许还是举自己的小说为例，因为我对自己的小说熟悉些，叙述起来方便些。我所举例的这篇小说叫《响器》，是我比较得意的一个短篇。响器是一种民族乐器，书面上称为唢呐，在我们老家把它叫大笛，吹唢呐叫吹大笛。我想通过这篇小说，以文字的方式叙述民间音乐的魅力，并表现民间音乐的自然性，以及自然的人性。小说的主人是一个少女，叫高妮。高妮对大笛的声响很是着迷，一听到吹大笛，她就感动得不能自已，不知不觉就会流下眼泪。她下定决心，一定要学吹大笛。她排除重重阻挠，下了千般功夫，受了万般辛苦，终于把大笛学会了，并达到了一种炉火纯青的境界。"大笛仿佛成了她身体的一部分，与她有了共同的呼吸和命运。人们对她的传说有些神化，说大笛被她驯服了，很害怕她，她捏起笛管刚要往嘴边送，大笛就自己响起来了。还说她的大笛能呼风唤雨，要雷有雷，要闪有闪；能让阳光铺满地，能让星星布满天。"我在小说的结尾写了一个细节:"消息传到外省,有人给正吹大笛的高妮拍了一张照片,登在京城一家大开本的画报上了。……有点可惜的是,高妮在画报上没能露脸儿,她的上身下身胳膊腿儿连脚都露出来了,脸却被正面而来的大笛的喇叭口完全遮住了。照片的题目也没提高妮的名字,只有两个字:响器。"这篇小说的种子在哪里呢? 就在于结尾处这个关于照片的细节。可以说,这篇由八九千字、一系列情节和大量细节所构成的小说,都是从这颗种子里生发出来的。从表面看,小说像是一步步接近种子,揭示种子,实际上是先有种子,这颗种子事先就埋进我心灵的土地里去了,才一点儿一点儿生根,发芽,开花,结果,小说才长成一个独立完整的世界。通过这个细节,我还想告诉人们,是人在响器,也是响器在人,其实每个人都渴望发声,都是一个响器。

不少短篇小说的种子大都是一个细节。细节的好处在于它是一个形象化、艺术化的东西,到头来还是很含蓄,很模糊,给人许多联想,使短篇小说纸短情长,开拓出辽阔的空间。当然,短篇小说的种子不限于细节,它有时是一种理念,一句哲语,一处景观,一种氛围,或是一个人。这里就不再举例了。

短篇小说的种子结在小说的根部多一些，但它的位置并不是固定的，有时在根部，有时在梢部，有时在中间。有时还有这样的情况，通篇好像都找不到短篇小说的种子，可它的种子又无处不在。

无论怎么说，在现成的短篇小说里寻找小说的种子还是比较容易的，难的是在生活中寻找短篇小说的种子。它不像我们小时候到生产队的菜园里去摘黄瓜，哪根黄瓜是留种子用的，我们一眼就认出来了。因为那根黄瓜特别粗壮，旁边还插有一棵艾秆作为留种的标志。对于留种用的黄瓜，我们怀有一种敬畏感，是万万不敢摘的。

三

我早就听说过一种说法，说好的短篇小说是可遇而不可求的。这里说的好的短篇小说，我以为指的是短篇小说的种子。这种说法有些宿命的味道，也是讲短篇小说的种子十年不遇，极为难得。这句话只说对了一半，其中含有无可奈何的消极成分，容易使人变得懒惰，变得守株待兔。如果谁要相信不可求，便不去求，恐怕一辈子也遇不到。我们不能因为在生活中寻觅短篇小说的种子难而又难，就不去寻觅。我们没有别的办法，只有去苦苦求索，去"众里寻他千百度"。

我们通常所说的深入生活的过程，我理解的就是寻觅小说种子的过程，让人苦恼的是，短篇小说的种子像是在和我们捉迷藏，我们很难捉到它。我曾在一家报社工作，"深入生活"的机会多一些，有的朋友知道我业余时间喜欢写点小说，就愿意给我讲一些稀奇古怪的事情，意思是给我提供素材，让我写成小说。我到某个矿区待上几天，有的朋友跟我开玩笑，说我回到北京又可以写几篇小说了。我理解朋友的好意，只是笑笑。我想对他们说，写小说要有种子，没有种子，那些奇人奇事连狗屁都不是。

别说刚刚听来的故事，有的故事在我肚子里存了好多年，我隐约觉得里面有小说的因素，似乎可以写成一篇小说，可因为我找不到小说的种子，我把故事扒拉好多遍，迟迟不能动笔。好多事情都是这样，它在我们心里存着，让我们难以忘怀。我们觉出它是有价值的，只是一时还弄不明白它的真正价值在哪里。对于这样的事情，我们不能轻易放弃，不定哪一天，里面所包含的种子突然就成熟了，像九月里焦芝麻炸豆一样呈现在我们面前。

我们找到了短篇小说的种子，不等于我们已经拥有了短篇小说，要把种子变成小说，还要进行艰苦、复杂、勤奋、细致的劳动。我在前面说到，我们在楼前的空地里种了向日葵，从种下那天起，我们就得牵挂着它，天天操着它的心。它破土发芽后，不等于万事大吉，中期和后期的管理也要跟上，除草，施肥，浇水，松土，一样都不能少。如果发现嫩叶上生了腻虫，还要喷点药，把腻虫杀死。向日葵棵子长了多余的杈子，也要及时打掉。反正我们得帮助向日葵排除干扰，让向日葵正常、健康地生长。

这就涉及短篇小说怎么写的问题，也就是短篇小说的写作方法问题。关于短篇小说的写法，有过多种不同的说法，代表性的说法有这样几种：一说用减法；二说用最经济的文学手段；三说用平衡法或控制法。说法不同是好事情,它体现的是文无定法,和而不同。我对以上三种说法都不太认同。

先说减法。这种说法显然是针对用加法写短篇小说的做法提出来的。有的短篇小说使用材料的确过多,是靠材料叠加和充塞起来的。有的作者把短篇小说当成一只口袋,生怕口袋装不满,逮住什么都想往里装。他们装进一个又一个人物,塞进一个又一个情节,口袋装得鼓鼓囊囊,满倒是满了,结果里边一点空间都没有,一点空气都不透,口袋也被累坏了,填死了。更有甚者,材料多得把口袋都撑破了,稀里哗啦流了一地,不可收拾。这时候减法就提出来了,剪裁也好,忍痛割爱也好,意思是让作者把材料扒一扒,挑一挑,减掉一些,只挑那些上好的、会闪光的、最能说明问题的材料来使用。问题是这样做并不能从根本上解决问题,虽然减掉了一些材料,但材料还是叠加的,堆砌的。你让他再往下减,他就有些为难,因为减得太多了,一篇短篇小说的架子就撑不起来,体积就不够了。所以,我不赞同用减法来写短篇小说,减法的说法是机械的、生硬的、武断的,起码不那么确切。一篇完美的短篇小说就像一枝花,它的每片花瓣,每片叶子,甚至连丝丝花蕊,都是有机组成部分,都是不可减的,减去哪一点会使花伤筋动骨,对花朵造成损害。试想,一朵六瓣梅,你若给它减去一瓣,它马上就缺了一块,不再完美。

再说用最经济的文学手段写短篇。这种说法是胡适先生在《论短篇小说》里提出来的,他说:"用最经济的文学手段,描写事实中最精彩的一段或一方面,而能使之充分满意的文章。"沈从文先生对"经济"的说法不是很赞同,他明确说过:"我也不觉得小说需要很'经济',因为即或是个短篇,文字经济依然并不是这个作品成功的唯一条件。"他判断短篇小说成功的标准是三个恰当,即"文字要恰当,描写要恰当,全篇分配更要恰当",为了实现恰当的意义,"在使用文字上,就容许不怕数量的浪费,也不必对于辞藻过分吝啬"。我比较赞同沈从文的说法。

还要说说控制法。这种说法,对于防止把小说写疯,写得失去节制,把短篇写得太长,也许有一定道理。可我自己在写一篇短篇小说时,从不敢想到控制。相反,每篇小说一开始,我总是担心它发展不动,生长不开,最终不能构成一篇像样的短篇小说。写下小说开头的第一句话,我要求自己放松,放松,尽情地去写,往大有发展的方向努力。要是老想着控制的话,手脚一定发紧,放不开,写出的小说也会很局促,很拘谨。

另外,还有建筑法、编织法、烤法、烹制法,等等,就不再列举了。

那么,我主要是用什么方法写短篇小说呢?前面已隐隐透露出来了,我主张用生长法写短篇小说。生长法是道法自然,也是投入自己的生命。我们从生活中、记忆中只取一点点种子,然后全力加以培养,使之生长壮大起来。或者说它一开始只是一个细胞,在生长过程中,细胞不断裂变,不断增多,不断组合,最后就生长成了新的生命。

人法地,地法天,天法道,道法自然。这是老子说的。老子的意思是说,自然的境界才是最高的境界。我们人类是从自然中来的,与自然有着天然的亲密关系。我们到处旅游,主要目的是投入大自然的怀抱,重温和自然的亲密关系。不管我们看到一朵花、一棵树,或是一汪水、一只鸟,人家都是自然天成,咋长咋合情,咋长咋合理;咋看咋好看,咋看咋舒服。我们看小说不是这样,有的小说让我们觉得别扭,看不下去。硬着头皮看完了,得到的不是美感,不是享受。这是因为我们写的小说还不够自然,还没有达到自然的境界。人类的各个学科都离不开向自然学习,文学当然也应该向自然学习。

我认定短篇小说是用生长法写成的,它是从哪里生长起来的呢?它不是在山坡上,不是在田野里,也不是在楼前的空地上,而是在我们心里。一粒短篇小说的种子埋在我们心里,我们像孵化蚕种一样用体温温暖它,像孕妇一样为它提供营养和供氧,它才会一点点长大。这样长大的短篇小说才跟我们贴心贴肺,才能打上我们心灵的胎记,并真正属于我们自己。几十年来,我对短篇小说一是上心,二是入心。先说上心。平时我们会产生一些错觉,认为自己在这个世界上很重要,这也离不开自己,那也离不开自己。其实不是的。真正需要和离不开自己的,是自己的小说。小说在那里存在着,等待我们去写。我们不写,它就不会出世。一辈子我们上心干好一件事情,写好我们的小说就行了。再说入心。我们看到的现实世界很丰富，很热闹，很花哨，却往往有些发愁，觉得没什么可写的。它跟我们的生活有些联系，与情感、心灵却是隔膜的。我们的小说要持续不断地写下去，那我们怎么办？我们只有回到回忆中，只有进入我们的内心，像捕捉萤火虫一样捕捉心灵的闪光和心灵的景观。我个人的体会，只要入心，我们就会左右逢源，有写不完的东西。心多宽广啊，多幽深啊！我手上写着一篇小说，正在心灵世界里神游，突然又发现了另一处景观。我赶快把这个景观在笔记本上记上两句，下一篇小说就有了，就可以生发了。有时我按捺不住冲动，也会近距离写一下眼下发生的故事。这时我会很警惕，尽量防止新闻性、事件性和单纯社会性地把故事搬进我的小说。我要把故事拿过来在我心里焐一焐，焐得发热、发酵、化开，化成心灵化、艺术化的东西，再写成小说。

四

我说短篇小说生长于心，其实是全部身心都参与创造，每个器官都得调动起来，都要发挥作用。除了脑子

175

要思想,要展开想象,听觉、视觉、味觉、嗅觉、触觉、知觉等,一样都不能少。比如夏天写到下雪,在想象里,我们眼前似乎出现了大雪纷飞的情景,耳边犹如闻到了雪花落地的沙沙声,鼻子里像是嗅到了清冷的气息,身上也仿佛感到了阵阵寒意。只有这样,我们才能把自己独特的感受有效地传达给读者,并感染读者。审美是一个精神过程,也是一个生理过程。生理传达给心理,由感上升到悟,审美过程才会完美实现。

短篇小说的写作对人的力量也是一种有力的挑战和考验,它不仅考验人的智力、想象力、意志力、爆发力,甚至包括体力。许多事实一再表明,人的身体一衰老,其他能力就会减退和萎缩,短篇小说在心里就发展不动了,生长不开了。如果努着力硬要它生长,长出来的果实也不会很饱满。应该说林斤澜写短篇小说是比较持久的,年过八旬之后还在写短篇。但他后来写得非常吃力。我去看他,问他还在写短篇吗?他说想写,写不成了,脑力集中不起来了。刚想到一点东西,手还没摸到笔,东西就散掉了,再也找不回来。晚年他就是看看电视,读一些关于家乡历史的书。我们都知道,汪曾祺先生在憋了好多年之后,才华集中爆发,写出了《受戒》《大淖纪事》《陈小手》等短篇小说,那是相当精彩! 随着年事渐高,力气不支,他后来的一些短篇小说就不如从前。这不用我们说,听说他的家人对他后来的一篇写保姆的小说就有些不满,说一点灵气都没有,不让他拿出去发表,甚至开玩笑地说他"汪郎才尽"。这话汪先生很不爱听,也很不服气,他说他就是要那样写,故意写成那样。汪老不服老的劲头让人感佩,可每个作家都有写不动的那一天,谁不服老也不行。因为在背后起作用的是自然法则,在自然法则面前谁都免不了叹息。这好比每一个女人都有生育期,正当生育期,她会生出白胖的孩子。过了生育期,她就不会怀孕,不会生孩子。也好比果树都有一个挂果期,在最佳挂果期,它硕果累累,压弯枝头。一过了挂果期,它结果子就很难,即使结果子,也结得很稀。所以我提醒年轻的作家朋友们,在你们正具有短篇小说生长能力的时候,应当抓紧时间,尽可能多地生产一些,免得日后因心有余而力不足而懊悔。

也许有朋友会问我自我感觉如何? 说实话,前好几年,我就有了一种紧迫感。我已经过了六十岁,除了意识到生命资源有限,我还感觉到了精力在减少,体力在下降,激情一年不如一年。我年轻时,一天曾写过一万多字,现在无论如何是做不到的。朋友们在我的小说里看得出来,二三十岁时,我写过诸如《走窑汉》《血劲》《拉倒》《煎心》等把故事推向极端的酷烈小说。那些小说心弦绷得很紧,气氛都很紧张,有一些撼人心魄的效果。现在再让我写那样的小说,我的心脏恐怕就受不了。我现在写的多是一些波澜不惊的小说,多是一些审美的、诗意的、和谐的小说。小说里虽然也写到人性的碰撞、心灵的冲突,但多是一些内在的、微妙的细节,多发生在心灵的尺度内。话说回来,其实汪曾祺先生的经典作品多是在年过六旬之后写出来的。我愿意拿汪先生为自己打气,争取再写出一些让自己满意的小说。

短篇小说体积有限,规定了在生长过程中不能粗枝大叶,粗制滥造,一定要精耕细作,小心呵护。在情节框架确定之后,我们必须专注于细部,在细部上下足功夫,细到连花托上的绒毛都清晰可见,细到每句话、每个字、每个标点都不放过,都要精心推敲。短篇小说这种文体是一种激发性的文体,它是激发思想的思想,激发想象的想象,激发细节的细节,激发语言的语言。短篇小说是琴弦,读者是弓。弓一触到琴弦,整个琴就会发出美妙的音响。这样的文体,天生对行文的密度要求比较高。这个密度包括信息密度、形象密度、语言密度,当然也有细节密度。短篇小说的细写,让我联想到核雕艺术。所谓核雕,是以桃核、杏核等果品坚硬的内核为原料,在小不盈握的果核上雕出各色人物和故事。著名的核雕作品《苏东坡游赤壁》,就是明代的王叔远在不满一寸的桃核上精雕细刻而成。作者随物赋形,把小小的桃核雕刻成一叶扁舟,舟上有篷,有楫,有八个窗户,五个人物,还有火炉、水壶、手卷、念珠。再仔细看,小舟上刻有一副对联,题名清晰可见,共三十多字。一个有限的载体容纳了如此丰富的内容,可谓方寸之间见功夫。在日常生活中,我们对一些细微的东西往往注意不到,或者偶尔注意到了,也无意进行深究。而短篇小说像是给人们提供了另外一双眼睛,让人们一下子看到了平常看不到的新世界。这双眼睛跟显微镜有那么一点像,但又非显微镜所能比。显微镜再放大,它放大的只能是物质对象,而短篇小说让人看到的是微妙的精神世界。关于小说的细写,我曾以《细节之美》为题写过一篇创作谈,这里就不再详细讲了。

谈短篇小说创作,有一个问题不容回避,这就是语言问题。在小说的诸多要素中,高尔基把语言的要素放在第一位。汪曾祺对小说采取的是一票否决制,哪一票呢?就是语言这一票。他有一句关于写小说的名言,叫"写小说就是写语言"。原话是这么说的:"语言不只是一种形式、一种手段,应该提到内容的高度来认识……语言不是外部的东西。它是和内容(思想)同时存在,不可剥离的。语言不能像橘子皮一样,可以剥下来,扔掉。世界上没有没有语言的思想,也没有没有思想的语言。往往有这样的说法:这篇小说写得不错,就是语言差一点。我认为这种说法是不能成立的。我们不能说这首曲子不错,就是旋律和节奏差一点;这张画不错,就是色彩和线条差一点。我们也不能说,这篇小说不错,就是语言差一点。语言是小说的本体,不是附加的,可有可无的。从这个意义上说,写小说就是写语言。小说使读者受到感染,小说的魅力之所在,首先是小说的语言。小说的语言是浸透了内容的,浸透了作者的思想的。我们有时看一篇小说,看了三行,就看不下去了,因为语言太粗糙。语言的粗糙就是内容的粗糙。"在以前的创作谈中,我谈的多是自己的创作体会,很少引用别人的话。即使有引用,也比较简短。这次引用汪老的话比较长,是因为我认为汪老讲得非常精辟,也非常透彻,值得我们铭记。是的,我使用了铭记这个词,以表明对这段话的重视。其实在读到汪老这段话之前我就意识到了,语言不仅是人们日常生活和工作的工具,语言本身即是思想,即是情感。我们以语言为发动机,发动我们的思想。同时,我们还要以语言为抓手,抓住我们的思想。一个人如果语言贫乏,思想不可能丰富。同样的道理,语言是我们表达感情的出口,也是留住我们感情的载体。一个人如果语言单调、苍白,就不能有效地释放和传递感情,更谈不上以情动人。总的来说,语言的功夫是一个作家的基本功夫,也是看家功夫。

好的语言除了准确、质朴、精炼、传神、生动、自然、有个性,还应该是有味道的语言、有灵气的语言、陌生化的语言。语言的味道不是苦辣酸甜咸,不是味觉和嗅觉所能品味,不是物质性的东西。这种味道是一种氛围,一种意境,只可意会,不可言传,是深度语言所表达的精神性的东西。衡量一个作家的作品是否写得好,一个重要的标准,就是看它的语言有没有味道。我们知道,曹雪芹、鲁迅、沈从文等作家的作品,都有属于他们的独特味道。有灵气的语言是给文字注入灵感的语言,是与自己的气质打通的语言。孙悟空从身上拔下一撮猴毛,说变,变,并对猴毛吹一口气,猴毛才会变鸟变鱼,变山变水。我想孙悟空光说变是不行的,关键是他吹出的那口气,有了那口气,他随心所欲,想变什么都可以。人们通常愿意把那口气说成仙气,与写文章相比,我宁可把那口气理解为灵气。陌生化的语言是排斥陈言、熟言和成语的语言,是对汉语追根求源、新翻杨柳枝和语不惊人死不休的语言。有了语言的陌生化,才有可能呈现陌生化的发现,实现创造的梦想。

五

我们要敢于承认小说是闲书,写小说的人是闲人。

写小说的最好别说自己忙,忙人不适合写小说,闲人才能写小说。闲人是时间上有闲暇,还要有闲心和闲情逸致。好比走路,不能赶路,赶得行色匆匆,满头大汗,就不好了。信步走来,东看看,西看看,看见一朵花、一汪水、一只鸟、一片云等,都停下欣赏一番,这才是闲。小说中有一种笔法被有的人称为闲笔,但这个闲不是那个闲,它是小说的重要组成部分,我们不可等闲视之。

我不愿把小说中的这种笔法叫作闲笔,因为闲笔的说法不是很准确,不是很科学,容易让人产生误解。我试着给这种笔法起了一个名字,叫小说中综合形象的描写。

综合形象相对于小说中的主要形象而言,它是主要形象的铺垫、扶持、烘托和延伸。我们看到一些小说,特别是短篇小说,只是主要形象在那里走来走去,甚至一条道走到黑。这样的小说就会显得单调、沉闷、单薄。加入综合形象的因素呢,小说立马就会变得丰富、有趣、饱满,还会增加小说的立体感、纵深感和厚重感。

小说中综合形象的运用,类似于电影镜头中对于背景形象的交代。可以说每一个主要电影形象在活动时,都离不开背景形象的参与。比如电影《秋菊打官司》中有这样一个镜头,当秋菊挺着大肚子在集镇上走时,镜头顺便一扫,就把秋菊的背景形象尽收眼底。街面上有灰头土脸人来人往的人群;街边上有卖菜的、卖鸡蛋的、卖烧饼的、卖羊肉汤的、卖衣服的等各种摊位;一街两行有店铺的招牌和幌子;还有商贩的叫卖声、讨价还价声、汽车的喇叭声。这样一来,画面就丰富了,也热闹了。设想一下,如果镜头只留秋菊一个人,把背景形象都剔除,画面就不好看,也不真实,就构不成电影艺术。

这是因为,世界上的任何事物都不是孤立的,相互之间是有联系的。我们在小说中既写到被称为主角的主要形象,也不能忽略其次要的综合形象,其目的是寻找和建立它们之间的联系,这种联系既是物象与物象之间的联系,也是物象与环境、气氛、社会、时代等之间的联系。找到和建立了它们之间的联系,小说中的主要形象才会立起来。

比起长篇小说和中篇小说的写作,短篇小说的写作更像是短途旅行。短途旅行目的性强,用时少,不怎么停留,沿途好像还没看到什么风景,往往就到站了。那么短篇小说有没有必要写进一些综合性的形象呢？我的体会是很有必要。我甚至认为，越是篇幅有限、容量有限，越不能忽略对综合形象的运用。在写作过程中，只有眼观六路，耳听八方，不失时机地加进一些有趣味又有意味的综合形象，才会增加短篇小说的形象密度和信息量，才会使短篇小说纸短而情深意长。

　　我是在读沈从文的短篇小说时受到的启发，才想到综合形象这个词。沈从文非常善于运用综合形象，可以说他的每一篇小说里都有综合形象的描写。在短篇小说《丈夫》里，他一开始并不急于让丈夫出场，而是用一系列综合形象为丈夫的出场铺路搭桥。他用了四五个自然段，写了落雨，河中涨水，水涨船高，烟船妓船离岸极近。人在茶楼喝茶，从临河的一扇窗口，可以看到对岸的宝塔如烟雨红桃，还可以听到楼上客人和船上妓女的谈话、交易。于是有人下楼，从湿而发臭的过道走去，走到妓船上去了。上船花了钱，就可以和船上的大臀肥身年轻女人放肆取乐。沈从文写到的这些人，都没有具体的人名，每个人都是一种代指。这是综合形象的特点之一。沈从文在综合形象里写到天气、环境、场面还不够,他接着还写到了当地的风俗。从乡下来的妇人在船上服侍男人,说成是做生意,这种生意与别的工作同样,既不与道德冲突,也不影响健康,是极其平常的事。直到这时,作为小说的中心人物——丈夫才登场了。在船上,还有几句有关综合形象的描写,很是精彩,"到午时,各处船上都已有人烧饭了。柴湿烧不燃,使人流泪打嚏,柴烟平铺到水面如薄绸。听到河街馆子里大师傅用铲子敲打锅边的声音,听到邻船上白菜落锅的声音。"

向沈从文学习,我差不多在每篇短篇小说里都有综合形象的描写。在《响器》里,人们听吹大笛时,"有人不甘心自我迷失,就仰起头往天上找。天空深远无比,太阳还在,风里带了一点苍凉的霜意。极高处还有一只孤鸟,眨眼间就不见了。应该说这个人死得时机不错,你看,庄稼收割了,粮食入仓了,大地沉静了,他就走了,死了,他的死是顺乎自然的。"

朋友们可能看出来了,综合形象的描写还有几个特点。首先,它描述的必须是形象,是拿形象说事儿,而不是空发议论。其次,它的描述必须简洁,有极其高度的概括性,像"古道西风瘦马"那样的密度和效果。再次,所有的综合形象都不能游离于文本,都是服务于文本的,与文章的主要形象有着内在的联系,是有效形象。

最后说说短篇小说的结尾。短篇小说的结尾很重要,一篇短篇小说的成败,在很大程度上取决于它的结尾如何。可以说,每个从事短篇小说写作的人都很重视它的结尾。以致用力太过,有了欧·亨利式的结尾之说。不能不承认,欧·亨利写出了不少经典性篇章,为世界的短篇小说创作做出了卓越贡献。可是,因他过分追求短篇小说结尾的力量和效果,使结尾形成了一个套路。有人为了表示对欧·亨利式结尾的反感和排斥,甚至提出不要短篇小说的结尾。我认为这种说法更过头,也不理智。你不要欧·亨利式的结尾是可以的,但短篇小说不结尾是不可能的。树有根有梢,日有出有落,虎有头有尾,短篇小说怎么可能不结束呢?怎么可能没有结尾呢?除非你把一个短篇小说写了一个开头或写了一半放下了,只是一个半成品或未成品,还未构成一篇短篇小说。只要你承认一个短篇写完了,完成之处即是结尾。一篇小说的完成,米兰·昆德拉说成一件事情的终结,他认为:"只有在终结之时,过去才突然作为一个整体自我呈现,才具有一种鲜亮明澈的完成形式。"他说到的"突然""整体""自我呈现""完成形式"这几个词都很有意思,值得琢磨。

前面说过,一篇短篇小说的种子往往在短篇小说的结尾。种子生发之时,也为小说的前行指明了方向。写每一个短篇,我争取先望到结尾,找到方向,才开始动笔。也有这样的情况,小说前进着,前进着,觉得原来设想的结尾不够有力量,就得重新安排一个结尾。我在写短篇小说《鞋》时就遇到了这样的情况,小说行将结尾时,觉得美是美了,和谐是和谐了,但觉得不够分量,回味的余地也不够广阔,于是遥望再三,灵机一动,想到了一个新的结尾。新的结尾是一个后记,后记把小说素材的来源和真相兜底说了出来。林斤澜老师一下子就注意了这个结尾,在点评这篇小说时,他评道:"谁知正文后面,却有个后记。这个后记看似外加,却才是真正的结尾。"又评道:"这篇《鞋》的后记,我认为当属翻尾,是比较成功的一例。前辈作家老舍曾比着长篇,说短篇更要锻炼技巧,这个结尾可做参考。"

林斤澜老师解释说,翻尾不是光明的尾巴,而是意象上的升华。短篇小说多有依靠结尾一振,才上去一个台阶。林老说的是"升华"和"上台阶",而王安忆的说法是"故事升级"。王安忆在课堂上分析了我的短篇小说《血劲》之后,得出了一个结论,她的结论对我的短篇小说创作有指导性的意义。她说:"我觉得,故事最后要有升级,故事最怕没有升级。我们有好的故事,好的人物关系,好的情节,然后慢慢朝前走,走到哪儿去呢?走远,升级。"

我们为什么特别重视短篇小说结尾的"升华"或"升级"呢?因为从小说的意义上说,结尾是结束,又不是结束,结尾是回味的开始,是意义思索的开始,也是昆德拉说的:"所有伟大的作品(正因其伟大)都包含着某些未竟之处。"这个"未竟"当是言犹未竟,情犹未竟,意犹未竟。小说承载的是不确定的信息,它的边缘是模糊的,意义是混沌的,不同的读者可能产生不同的联想。蒲松龄写《聊斋志异》时,在每一个故事的结尾处,都有一个以"异史氏曰"的名义所做的揭示性总结性的点题。这样的点题规定了读者的思想,也遏制了读者的想象。现代小说不再做这样的事,小说的结尾多是开放性的,一个文本的结束看似关上了一扇门,却同时打开了多扇窗。

二〇一三年三月

说多了不好

别看小说带一个说字,却是写的,不是说的。说多了不好。现在多种形式各个层次的媒体那么多,有千家万家,人家让你说吧说吧,你不说有点少,一开口便是多,得到的只能是不安和失落。

特别是短篇小说,似乎更说不得。比如一首诗,怎么说呢?你想了想,觉得离开诗不大好说,一说就白气,不如直接把诗背一遍好一些。真的,一篇好的短篇小说就如同一首诗,离开短篇小说本身,再说一句就是多余。

再比如一挂瀑布,我们只有身临其境,才能看到水流跌落时造成的断面,欣赏到飞珠溅玉、彩虹横跨的壮美景观,听到天地间压倒一切的轰鸣之声,感受到瀑布的爆发力和静止般的垂落速度,呼吸到水雾的清凉气息,还追寻到瀑布的结尾处留下的虽清澈却不见底的深潭——那些深潭通常被叫作黑龙潭或白龙潭。离开藏于山中的瀑布时,我们总是三步一回头,要把瀑布再看一眼,再看一眼。因为我们知道,天下的水是很多的,瀑布却是很少的,一旦离开了瀑布,我们就找不到那种感觉了。当然,我们可以闭目回忆。但人们的记忆是有限的,能说出的记忆更是少得可怜。我愿意拿短篇小说与瀑布相比照,除了觉得短篇小说的开头、中段和结尾与瀑布有许多对应之处,还因为觉得好的短篇小说是自然的造化,是神来之笔,不可多得。它的美像瀑布一样,只可体会,不可言传。

最不可言传的是短篇小说的味道。每一篇优秀的短篇小说都有其味道,有的是水味、草味、雨味、月光味,有的是土味、铁味、血味、石头味,但又不完全是。有前辈作家把优秀短篇小说的味道说成是人生味,应该说有一定的概括性。细想这种概括也不能尽意。人世间有多种味道,我们的鼻子可以闻到香臭,我们的味觉可以尝出苦辣酸甜咸,可这些味道都是物质性的,而小说的味道是精神性的,在判定小说的味道时,那些物质性的标准几乎一点都用不上。可是,好小说的味道的确存在着,我们明明感到一篇小说的美好味道萦绕于心,却说不清道不明它的味道究竟是什么。我想,好的短篇小说大概好就好在这里,难写也正是难在这里。

对于优秀的短篇小说作家来说,他的每一篇短篇小说都有一种味道。合在一起,又有一种总的味道。那种味道独特,深长,持久,芳馥,如永远开不败的花朵散发出的幽香。鲁迅和沈从文就是这样的作家,他们的小说各有各的味道。我们读他们的小说,不必看他们的署名,一接触到他们的语言文字,我们马上就觉出来了,这是鲁味,或者说是绍兴味;那是沈味,或者说是湘西味。我们吟咏再三,品味再三,想找出他们的小说味道究竟在哪里,找来找去,原来味道就在字里行间。打个比方,如果一篇小说是一块十月的稻田,那么每一个字就是一棵成熟的稻谷。一棵稻谷香一点,众多的稻谷集合起来就香成了一片。

问题是,我们对汉字也不陌生,也时常把那些有限的文字用来用去,我们写出的小说怎么就不够有味道呢？这是因为我们用心还不够。这个心包括慧心和匠心。慧心是指一个作者的灵气、悟性和真诚之气，匠心大约是指作者不与人同的独特追求，以及创作技巧与恒久的耐心。慧心与匠心相辅相成，两相结合得好，才有可能成就一件有味道的作品。因作者以不同的心性和气质赋予语言文字，所产生的作品味道自然就不一样了。

我在台北故宫博物院看到过一件我国的传世珍宝——玉白菜。那棵玉白菜是用一整块上乘的翡翠雕成，白菜碧帮绿叶，已够水灵。更让人惊喜的是，翻卷的白菜叶上还趴着一只蝈蝈。那只蝈蝈全须全尾，连小腿上的毛刺都看得见。蝈蝈欲跳欲舞，欲歌欲唱，生动极了。过去我们老是说雕虫小技，看了玉白菜上的玉蝈蝈，我一下子改变了看法，觉得雕虫不易。作为一件赏心悦目具有永久艺术魅力的工艺品，它称得上是慧心和匠心相结合的典范之作，值得我们写小说的好好学习琢磨。

二〇〇四年六月

伺候好文字

　　我们中国的文字是有根的,而且根扎得很深。我曾去台湾的阿里山看巨树,那些树的树龄有的两千年,有的三千年,最长的超过了五千年。那些树也叫神木,都很粗、很高,须使劲仰视才看得见黑苍苍的树冠。我一路看,一路惊叹,颇感震撼,还有那么一些敬畏。我想到,肯定有许多人来看过这些巨树,那些人有宋朝的,也有明朝的,可那些人都死了,只有这些树还活着。我们也一样,当我们在这个世界上消逝,巨树仍将存在。一棵树能活几千年,因为它们的根扎得深,有强大的生命力。我们的文字也是一样,每一个字都有很深的根。就算每个字的根须每年延深一尺的话,几千年来,每个字的根深也有几百丈了。世界上有不少民族,原来也有自己的文字,不幸的是,他们的文字后来消亡了,被别的民族的文字吃掉。所幸,我们的汉字保留下来了,延续下来了,并不断生长着。我们每个后来者都有一份功劳,在使用我们自己的文字方面,我们接过了前人的接力棒,像传宗接代一样,把文字继承下来,传播下去。可以预想,由于我们的衷情和心血浇灌,文字之根还将往深里扎,枝叶也会更加茂盛。

从这个意义上说,我们的文字是古老的。有人把文字比喻成货币,说货币就那么多,你用我用他也用。可我们的货币从贝壳到金属,再到纸币,换过多少代了,而文字除了简化了一些,基本上没什么变化。也就是说,同样还是那些文字,李白用过了,白居易用过了,苏东坡、李清照用过了,曹雪芹、鲁迅、沈从文等也用过了。他们对文字久久凝视,反复吟哦,还禁不住用手摩挲。面对每一个方方正正的文字,我们似乎能看到他们贯注其中的深情目光,感受到他们留在每一个字面上的手温。现在的问题是,这些有限的文字他们都用过了,我们还怎么用?他们对文字深究过,锤炼过,欣喜过,忧愁过,几乎穷尽了文字的功能。宁坐十年冷板凳,文章决不写一句空话。吟安一个字,可以捻掉十根胡须。这些前人对待文字的认真态度,我们也不陌生。他们留给我们的可以发挥的余地究竟还有多少呢?有时我很悲观,觉得我们真的没方法了,好像握有文字秘诀的先人都离我们而去,时间愈久,我们离真传越远。而我们没什么学问,又很懒,态度也不够认真。

可文字我们还得使用。我们要吃饭、求爱、说话、写文章,一切都离不开它们。你可以不认识它们,但不能不使用它们。离开它们,什么生活、秩序、文明都谈不上。文字是中华人祖留给我们的最通用的遗产。实在说来,我们对文字是不是轻慢了点儿,使用起文字来是否也显得过于随便。我们把它们说成是工具,使用它们时习惯说成驾驭。提起工具,我们会联想起铁锨、镰刀、斧头等家什。而驾驭呢,它的对象当然是牛马驴一类的牲口。结果怎么样呢,文字不是那么好使唤的,也不会那么驯服。虽然它们不会说话,但它们天生很敏感,也很自尊。你把它们的位置安排得稍稍有一点不合适,它们的偏脾气就上来了,就跟你发生对抗,弄得整篇文章都别别扭扭。这样的文章触目可见。表面看,文字也排成了队,还排得相当整齐,有的一排就是几万字、几十万字。若仔细看,就看不下去,仿佛每个字都噘嘴瞪眼,在那里鸣冤叫屈。这还算好的,有的使用的简直就是文字的头皮屑,或者是文字的外衣,这样的只能算是文字垃圾。

看来我们得小心了,必须给每个字以足够的尊重,用我们的心去体贴文字的心,温暖文字的心。尊重的前提是理解,只有我们对文字的来历和含意多了几分理解,才谈得上尊重。既然我们还要使用文字,就要把文字激活,使古老的文字不断获得新生。使文字获得新生没有什么捷径可走,靠群众和运动也不行,唯一有效的办法,作为一个生命个体,在使用一个个文字精灵时,必须启动我们的灵感,让我们的灵感和文字的灵魂接通。没有灵感参与的文字是僵死的、可憎的。注入灵动之气的文字才是亲切、自然和飞扬的。孙悟空从身上拔下一撮猴毛,说变,变,并对猴毛吹一口气,猴毛才会变鸟变鱼,变山变水。我想孙悟空光说变是不行的,关键是他吹出的那口气,有了那口气,他随心所欲,想变什么都可以。人们通常愿意把那口气说成是仙气，与写文章相比，我宁可把那口气理解成为灵动之气。

灵动之气哪里来，只能靠我们的心血来浇灌。经过长期、艰苦和真诚的劳动，经过日复一日地和文字相爱、相守和交流，文字才稍稍向我们交了一点底，文字告诉我们，我们不是在使用文字，而是在使用自己，使用自己的心。文字还告诉我们，因为每个人都不一样，个性、气质、智慧、感情、人格等各不相同，见诸文字就有所区别。噢，是了是了，远的不说，就说鲁迅和沈从文吧，分别从他们心里出来的文字的确不一样。字还是那些字，因使用者心性不同，形成文章就大相迥异。仿佛他们的文章各有一个气场，一读他们的文章，就走进了不同的气场，在气质鲜明的气场里，你不必问作者是谁，气场里的气息自会告诉你。我们因此得出一个检验的方法，要判断一个作者达到了什么样的境界，最直观的办法，就是先看他的文字是不是有个性，是不是打上了心灵的烙印。

明白了这些道理，我们就不太悲观了。文字虽说是古老的，我们一代又一代的生命总是新的，时代也是新的，只要我们用心，总能赋予文字一些新意和新的气息。

让我们试试吧。

二〇〇四年二月

"小说家的散文"丛书

《旅馆里发生了什么》　　　　王安忆 著

《拜访狼巢》　　　　　　　　方　方 著

《出入山河》　　　　　　　　李　锐 著

《青梅》　　　　　　　　　　蒋　韵 著

《写给北中原的情书》　　　　李佩甫 著

《星斗其文，赤子其人》　　　汪曾祺 著

《熟悉的陌生人》　　　　　　李　洱 著

《一唱三叹》　　　　　　　　葛水平 著

《泡沫集》　　　　　　　　　张　欣 著

《写给母亲》　　　　　　　　贾平凹 著

《无论那是盛宴还是残局》　　弋　舟 著

《已过万重山》　　　　　　　周瑄璞 著

《众生》　　　　　　　　　　金仁顺 著

《如果爱，如果不爱》　　　　阿　袁 著

《故事与事故》　　　　　　　蒋子龙 著

《回头我就变了一根浮木》　　潘国灵 著

《三生有幸》　　　　　　　　北　乔 著

（以出版时间先后排序）

图书在版编目(CIP)数据

大姐的婚事 / 刘庆邦著. --郑州:河南文艺出版社,2022.5
("小说家的散文"豫籍作家系列)
ISBN 978-7-5559-1324-5

Ⅰ.①大… Ⅱ.①刘… Ⅲ.①散文集-中国-当代 Ⅳ.①I267

中国版本图书馆 CIP 数据核字(2022)第 034100 号

选题策划　陈　静
责任编辑　陈　静
书籍设计　刘婉君
责任校对　赵红宙

出版发行　河南文艺出版社
本社地址　郑州市郑东新区祥盛街 27 号 C 座 5 楼
承印单位　河南瑞之光印刷股份有限公司
经销单位　新华书店
开　　本　700 毫米×1000 毫米　1/32
总 印 张　60.375
总 字 数　888 千字
版　　次　2022 年 5 月第 1 版
印　　次　2022 年 5 月第 1 次印刷
定　　价　258.00 元(全 9 册)

印厂地址　河南省武陟县产业集聚区东区(磨店镇)泰安路
邮政编码　454950　　电话　0371-63956290